16	3	2	13
5	10	11	8
9	6	7	12
4	15	14	1

ANTONIO PRATA

MEIO INTELECTUAL, MEIO DE ESQUERDA

editora 34

EDITORA 34

Editora 34 Ltda.
Rua Hungria, 592 Jardim Europa CEP 01455-000
São Paulo - SP Brasil Tel/Fax (11) 3811-6777 www.editora34.com.br

Copyright © Editora 34 Ltda., 2010
Meio intelectual, meio de esquerda © Antonio Prata, 2010

A FOTOCÓPIA DE QUALQUER FOLHA DESTE LIVRO É ILEGAL E CONFIGURA UMA
APROPRIAÇÃO INDEVIDA DOS DIREITOS INTELECTUAIS E PATRIMONIAIS DO AUTOR.

Capa, projeto gráfico e editoração eletrônica:
Bracher & Malta Produção Gráfica

Revisão:
Fabrício Corsaletti
Sérgio Molina
Cide Piquet

1ª Edição - 2010 (5ª Reimpressão - 2020)

CIP - Brasil. Catalogação-na-Fonte
(Sindicato Nacional dos Editores de Livros, RJ, Brasil)

Prata, Antonio, 1977
P912m   Meio intelectual, meio de esquerda /
Antonio Prata — São Paulo: Editora 34, 2010
(1ª Edição).
176 p.

ISBN 978-85-7326-454-8

1. Crônicas brasileiras. I. Título.

CDD - 869.3B

MEIO INTELECTUAL, MEIO DE ESQUERDA

Nota do autor 9

O piano 13
Crescente, cheia, minguante 15
Os outros 17
Promessa 19
Pré-sal 22
Ossos do ofício 24
Móveis ao mar 26
Loja de colchões 28
Bar ruim é lindo, bicho 30
Pétalas e bitucas 33
Prédios 35
O salto 37
A verdade sobre o PT e os transgênicos 39
All Disney 41
Marte ataca 43
Cachorrófilos & caninófobos 45
Procon divino 48
Ornitorrinco 50
Subsolo 1 52
Senta, ô careca! 54
Perdizes 56
O apartamento dela 58
A barriga do Ronaldo 60
Marretadas 62
A coifa uruguaia 64
PC 66
O que ELES fazem no banheiro 68

Ha! Ha! Ha! Ha!	71
A banalidade do bem	73
Eu, me, mim, comigo	75
A gaveta	77
Tem visto o pessoal?	79
Sorvete de cheesecake	81
Zona do agrião	83
O leito no pleito	85
Ótima viagem	87
Tubo de ventilação	89
A casa do cara	91
A árvore	93
Conveniência	95
Seleta coletiva	97
Dois e dois	99
Toli Tolá	101
Volúpia	103
Firma reconhecida	105
Cruzamento	107
100% classe média	109
A gostosa	111
Substâncias	113
O Brasil na faixa	115
Murundu	117
Janela indiscreta	119
Quem pinta?	121
Mama, nenê	123
Brilhante do Togo	127
Primeira vez	129
Nóis na fita	131
Paulista	133
Camarão na moranga	135
Vigilância sanitária	137

Os novos bares velhos 139
Time is honey 141
Caos e celulose 143
Choque de civilizações 145
X-Rimet 147
Dogma na brasa 149
Aí: chuveirão?! 151
Como não?! 153
Eu, ela e o Ronaldo 155
Aleatório é o diabo 157
Bicicletai! 159
The end 161
A odisseia de Homer 163
Windows Media Player 166
Déficit público 168
Diga trinta e três 170
Domingo 173

NOTA DO AUTOR

A maior parte destas crônicas foi publicada no jornal *O Estado de S. Paulo* entre 2004 e 2010. As exceções são: "Bar ruim é lindo, bicho", publicada no site *Blônicas*; "Mama nenê", escrita para o livro *35 segredos para chegar a lugar nenhum* (Bertrand Brasil, 2007); "Promessa", revista *Cláudia*; "O salto", revista *Capricho*; "Aleatório é o diabo!" e "Como não?!", revista *Espresso*.

A ordem não é cronológica. A seleção foi feita por Fabrício Corsaletti, Sérgio Molina e pelo autor.

para a Julia

O PIANO

Aos dezessete anos eu sonhava com um mundo onde ninguém, em hipótese alguma, falasse sobre o tempo. Escrevia contos em que um sujeito mal terminava de pronunciar "Que chuva, hein?", e um piano estraçalhava-se sobre sua cabeça. Se algum idealismo eu já tive, foi este: tornar-me adulto sem me entregar à comodidade do lugar-comum, viver a vida sem embolorá-la no mormaço do dia a dia.

Para quem não acredita em Deus, como eu, abandonar a infância implica na incontornável convivência com o absurdo. Que da água e dos minerais tenham surgido protozoários, cachalotes, eu e você — não é o mais lógico dos acontecimentos. Que, das muitas relações sexuais de seu pai e sua mãe, justamente naquela lá um óvulo tenha sido fecundado e dado início à sua existência — que sorte, não? (Quantos possíveis eus não terminaram em absorventes íntimos ou lenços de papel, no fundo de uma lata de lixo?)

A falta de sentido não me levava, contudo, ao niilismo. Pelo contrário. Já que era tão improvável estarmos aqui, tudo era valioso e essencialmente engraçado. Não tive um Deus para me ordenar a realidade, mas as piscadelas cúmplices de Julio Cortázar, Woody Allen, Campos de Carvalho, Monty Python e outros artistas, de dentro de seus livros e filmes, tornaram mais fácil a aceitação e mais intensa a fruição dessa maravilhosa barca furada.

O que mais me angustiava na adolescência não era, portanto, a percepção do absurdo, mas como os adultos pareciam não se dar conta da estupenda improbabilidade de estarmos aqui por esse breve período, tendo ao nosso dispor o sexo, o baião, o bife de chorizo e — mais recentemente, que maravilha! — as cervejas artesanais. Eu os observava comentando a reforma da portaria do prédio ou aflitos com as parcelas do sofá e desejava que aquele piano caísse dos céus: a vida passava e eles não se davam conta.

Semana passada, quando soube da morte de J. D. Salinger, reli *O apanhador no campo de centeio*. A história de Holden Caulfield tocou-me mais, aos trinta e dois, do que na primeira vez que a li, aos catorze. Talvez porque agora o adolescente revoltado com a falta de sentido da vida e a hipocrisia dos adultos não tenha encontrado em mim um cúmplice, mas um inimigo. Hoje, quando se fecha a porta do elevador e o silêncio toma aqueles três metros quadrados, eu viro para o vizinho e digo: "Que chuva, hein?". Além disso, tenho trabalhado muito, me afligido com as contas, e faz tempo que não faço um jantar para o meu amor. É preciso abrir os olhos, enquanto é tempo. Para isso servem os livros, para caírem sobre nossas cabeças como pianos e estraçalharem, mesmo que temporariamente, tudo o que não for fundamental.

Obrigado e adeus, meu caro Salinger.

CRESCENTE, CHEIA, MINGUANTE

Estava ali no sofá, Coca-Cola numa mão, controle remoto na outra, quando dei de cara com a Lua, na TV Cultura. Uma voz seríssima — como convém aos narradores de documentários — perguntava: "De onde terá vindo?".

Ora, até aquele momento, eu pensava que a Lua não tivesse vindo de lugar nenhum, simplesmente girasse ao nosso redor, desde que o mundo é mundo, a influenciar marés e poetas bissextos. Pois o homem disse que não. Houve uma época em que toda noite era escura, não havia marés nem poetas bissextos e a Terra rodava em torno do Sol desprovida de seu satélite natural.

"E aí?! E aí?!", perguntei-me, angustiado em meu sofá, como que perdido no breu das noites primevas. Bem, não se sabe exatamente. Ou vários pedregulhos que estavam vagando por perto — serragem da criação do Sistema Solar — acabaram se aglomerando e formando a Lua, ou, o que é mais provável, ela é um naco da Terra, arrancado pelo impacto de um asteroide. E esse naco, antes disforme, girou por tanto tempo à nossa volta que acabou redondo, "como um caco de vidro à beira-mar" — palavras do narrador.

Uma das missões do programa Apolo era descobrir do que a Lua era feita e, assim, provar uma das teorias. Se fosse sangue do nosso sangue, seria filha do impacto. Se feita de serragem do Sistema Solar, a hipótese do aglomerado vencia. Pois Neil Armstrong e seus colegas trouxeram todos os pedregulhos que couberam no porta-malas do módulo lunar, os cientistas da NASA analisaram tudo com seus aparelhos e, no fim, vieram a público dizer que, bem, não haviam chegado a uma conclusão. A Lua era parecida demais conosco para negarmos que fosse nossa costela, mas diferente o suficiente para suspeitarmos que talvez não fosse.

O mais incrível, contudo, o homem de voz grave guardou para o final. Em 1969, os astronautas deixaram em solo lunar um quadradinho de cristal, menor do que uma carta de baralho. Toda noite, desde então, num vilarejo do Texas, um sujeito chamado Phil pega sua bicicleta, pedala até o topo de uma colina e puxa o gatilho de um enorme canhão de laser, mirando bem no meio do quadradinho. O laser bate lá, volta à Terra e Phil anota quanto tempo demorou. A cada dia, o raio demora mais para voltar, o que prova algo que os cientistas já desconfiavam: atraída pelo Sol, a Lua se afasta de nós, 1,89 cm por ano. Um dia, ela estará tão próxima do Astro Rei que será engolida pelas chamas.

Terminado o documentário, eu estava melancólico como o diabo. No fim das contas, a Lua se parece muito com outra coisa, que sabemos do que é feita, não exatamente como surgiu e só podemos afirmar com certeza que um dia acabará. Enquanto isso, brilha — dirá o poeta bissexto. Algumas noites, algumas noites...

OS OUTROS

Você não acha estranho que existam os outros? Eu também não achava, até anteontem, quando tive o que, por falta de nome melhor, chamei de SCA: Súbita Consciência da Alteridade.

Estava no carro, esperando o farol abrir, e comecei a observar um pedestre, vindo pela calçada. Foi então que, do nada, senti o espasmo filosófico, a fisgada ontológica. Simplesmente entendi, naquele instante, que o pedestre era um outro: via o mundo por seus próprios olhos, sentia um gosto em sua boca, um peso sobre seus ombros, tinha antepassados, medo da morte e achava que as unhas dos pés dele eram absolutamente normais — estranhas eram as minhas e as suas, caro leitor, pois somos os outros da vida dele.

O farol abriu, o pedestre ficou para trás, mas eu não conseguia parar de pensar que ele agora estava no quarteirão de cima, aprisionado em seus pensamentos, embalado por sua pele, tão centro do Cosmos e da Criação quanto eu, você e sua tia-avó.

Sei que o que estou dizendo é de uma obviedade tacanha, mas não são essas verdades as mais difíceis de enxergar? A morte, por exemplo. Você sabe, racionalmente, que um dia vai morrer. Mas, cá entre nós: você acredita mesmo que isso seja possível? Claro que não! Afinal, você é você! Se você acabar, acaba tudo e, convenhamos, isso não faz o menor sentido.

As formigas não são assim. Elas não sabem que existem. E, se alguma consciência elas têm, é de que não são o centro nem do próprio formigueiro. Vi um documentário, ontem de noite. Diante de um riacho, algumas saúvas africanas se metiam na água e formavam uma ponte, com seus próprios corpos, para que as outras passassem. Morriam afogadas, para que o formigueiro sobrevivesse.

Não, nenhuma compaixão cristã brotou em mim naquele momento, nenhuma solidariedade pela formiga desconhecida. (Deus me livre, ser saúva africana!) O que senti foi uma imensa curiosidade de saber o que o pedestre estaria fazendo naquela hora. Estaria vendo o mesmo documentário? Dormindo? Desejando a mulher do próximo? Afinal, ele estava existindo, e continua existindo agora, assim como eu, você, o Bill Clinton, o Moraes Moreira. São sete bilhões de narradores em primeira pessoa, soltos por aí, crentes de que, se Deus existe, é conosco que virá puxar papo, qualquer dia desses. Sete bilhões de mundinhos. Sete bilhões de chulés. Sete bilhões de irritações, sistemas digestivos, músicas chicletentas que não desgrudam da cabeça e a esperança de que, no mês que vem, ganharemos na loteria. Até a rainha da Inglaterra, agorinha mesmo, tá lá, minhocando as coisas dela, em inglês, por debaixo da coroa. Não é estranhíssimo?

PROMESSA

"Há alguns dias, Deus — ou isso que chamamos assim, tão descuidadamente, de Deus — enviou-me certo presente ambíguo: uma possibilidade de amor. Ou disso que chamamos, também com descuido e alguma pressa, de amor."

Caio Fernando Abreu

Quando cheguei ao bar e a vi, rodeada de rostos conhecidos; quando sentei, sorrindo, depois de dar oi a todos e falando alguma dessas bobagens que a gente fala ao chegar, e os outros riem, e nos sentimos acolhidos na turma de cinco amigos em meio a dezoito milhões de desconhecidos; não percebi o que estava para acontecer. Achei-a bonita, ponto. E pensei — no momento em que puxava a cadeira para me sentar: quem é essa moça bonita que eu não conheço, em meio aos outros que conheço tanto?

A primeira impressão é a que fica — para trás. Pelo menos no meu caso. A imagem inicial que tenho de pessoas e lugares não tem nada a ver com a que se constrói depois de um tempo. Se naquele momento me perguntassem, portanto, o que eu achava da menina bonita, não iria me derreter em superlativos. Mas quando ela sorriu pela primeira vez, e as maçãs do rosto elevaram-se um pouquinho, sob dois olhões pretos e inteligentes, pensei assim: eu poderia amar essa mulher.

Não, não foi amor à primeira vista. Eu não estava loucamente atraído por ela, nem apaixonado. Não senti vontade de pular em cima e beijá-la, nem aquela afobação que a gente já não sabe se é desejo ou consumismo, tipo: preciso dela imediatamente. Eu estava calmo. O amor é calmo.

Eu seria uma besta se dissesse que vi nos olhos dela a mesma perspectiva. Não vi. Aliás, mulher não é assim tão boba de dar bola em cinco minutos de conversa. O que reparei foi que ela me olhava curiosa: quem é esse cara que chegou? O que ele faz? O que ele pensa das coisas? E não houve uma frase que eu tenha dito aquela noite, um gesto que eu tenha feito, que não tenha sido, mesmo que indiretamente, para ela. Tomei cuidado para não deixar transparecer. (Nada menos atrativo, ao errarmos na dose, que o desejo.) Mas ela soube — e vi que gostou daquela atenção, tão exagerada quanto disfarçada.

Desculpe dizer, impaciente leitor, que não aconteceu nada de concreto. Nem beijos, nem champanhe, arranhões ou lençóis. Alguns chopes, algumas risadas arrancadas a fórceps com minhas piadas (internamente comemoradas como gols do Brasil) e, tenho certeza — no final eu tive certeza —, uma mútua promessa de amor.

Eu poderia contar outras histórias, mais felizes e intensas, mas não valeriam a pena. Nós inflacionamos a felicidade. Ela está por aí, gasta, em propagandas de Campari, em outdoors de pastas de dente, em livros, filmes, melodias e novelas das seis. Nenhuma felicidade real chega aos pés dessa que criamos. A única felicidade possível, acredito, é a promessa de felicidade. Já não há mais espaço para happy ends. Só para happy beginnings. Esse é o meu. Foi ontem que conheci essa mulher. Não tenho a menor ideia do que pode acontecer, mas agradeço à vida por ter me enviado esse "presente ambíguo: uma possibilidade de amor". "Essa pequena epifania. Com corpo e face. Que reponho devagar, traço a traço, quando estou só e tenho medo. Sorrio, então. E quase paro de sentir fome."

PRÉ-SAL

Dizem que otimista é o cara que vê o copo metade cheio, enquanto pessimista é quem o enxerga metade vazio. A imagem é batida, mas vem a calhar, pois não é outro o tema desta crônica senão a água. Muita água. Trilhões de litros de H_2O, que serão acrescidos aos oceanos nas próximas décadas, quando as calotas polares derreterem.

Os pessimistas, claro, só conseguem ver o lado ruim da mudança climática: a morte de milhões de pinguins, focas, leões-marinhos, ursos polares e a extinção de algumas espécies desconhecidas; o alagamento de certas cidades litorâneas, como Rio de Janeiro, Nova York, Xangai, Veneza, Barcelona, e a perda de boa parte do patrimônio histórico e cultural da humanidade; o aumento de catástrofes naturais como tufões, furacões, dilúvios, enchentes e a desgraça humana decorrente desses aguaceiros. Ok. O Rio é legal. As focas e a Piazza San Marco, também. Mas focar-se (sem trocadilho) apenas nos aspectos negativos da lambança climática impede-nos de perceber outros acontecimentos maravilhosos que se avizinham. Praia em São Paulo, por exemplo.

Claro que a tese ainda não é um consenso entre a comunidade científica. Alguns estudiosos, desses que só conseguem ver a parte vazia do copo, afirmam que, por mais que a gente queime todo o petróleo existente, o aumento do nível dos oceanos será apenas de alguns metros. Cientistas de ânimo mais solar, contudo, garantem que o que conhecemos como Polo Norte é, literalmente, apenas a ponta do iceberg e, se tudo der certo, antes de 2020 vai ter prédio na Berrini com vista pro mar.

Quanta coisa boa há de acontecer! Já pensou que belo cartão-postal, a ponte estaiada com praia ao fundo? E seus filhos colhendo mexilhões nos pés do Borba Gato? Consigo ver, facilmente, a 23 de Maio tomada por ambulantes, vendendo óleo bronzeador, canga, Skol e biscoitos Globo. O Morumbi, com as casonas nas colinas, debruçadas sobre o mar, será a Beverly Hills paulistana. E nossos restaurantes, já tão afamados, o que não farão com peixes fresquinhos e frutos do mar, trazidos diretamente pela comunidade caiçara de Santo Amaro? O lago do Ibirapuera não teve sempre a vocação para ser a nossa Rodrigo de Freitas? E qual o sonho da Vila Nova Conceição, senão tornar-se a Barra da Tijuca?

Cruzemos os dedos, meus queridos paulistanos, pois muito em breve, quando as margens plácidas do Ipiranga ouvirem um estrondo, não será o brado retumbante de um povo heroico, mas o som das ondas quebrando na Avenida do Estado. E, nesse instante, o sol da liberdade, com seus raios fúlgidos, dourará os corpos estirados à beira-mar. E ainda tem gente preocupada com o futuro. Tsc tsc...

OSSOS DO OFÍCIO

Se o mundo fosse justo, o trocadilho teria seu lugar no panteão das criações humanas. Ficaria abaixo dos sonetos e das sinfonias, sem dúvida, mas acima dos provérbios e das palavras cruzadas. Infelizmente, tido como artifício banal, peixe abundante no vasto lago do pensamento — espécie de lambari do intelecto —, o trocadilho é tratado com desprezo. Desdenhado pela maioria dos poetas e escritores, sobrevive apenas à sombra das máquinas de café, na firma, no papo dos donos de churrascaria e — mistério dos mistérios — nas fachadas de pet shops.

Por alguma razão, seres humanos que vendem produtos para animais de estimação têm uma compulsão por jogos de palavras nos nomes de seus estabelecimentos: AUqueMIA, AmiCÃO, CÃOgelados, SimpatiCÃO, Oh My Dog!, CÃOboy, Pet&Gato e por aí vai.

Diante desses e de outros exemplos — que se encontram em todo o território nacional, como provam as fotos no blog http://trocaodilho.tumblr.com — o leitor pode achar que nós, apreciadores da "poesia de ocasião", estamos contentes. Muito pelo contrário.

O trocadilho com T maiúsculo não é uma simples molecagem com sílabas. Ele cria um terceiro sentido, maior do que a soma de duas palavras. "Wim Wenders e aprendenders", por exemplo, extrai toda sua graça do fato de os filmes do diretor alemão serem muito cabeça e, convenhamos, um pouco chatos. "A justiça farda, mas não talha", escrito durante a ditadura, por Millôr Fernandes, trazia nas entrelinhas a ideia de que a censura podia até maquiar as aparências, mas não conseguiria evitar que a arte brotasse por aí. Já "guacamole em pedra dura, tanto bate até que fura", embora possa criar um sorriso maroto no rosto do infeliz que imagina o Atlântico transformado em pasta de abacate, não significa absolutamente nada. É só uma firula fonética, como "Oh My Dog" ou uma criança dizendo "patapatapata".

De todos os pet shops que já vi, um, no entanto, mereceu meu respeito. Fica na avenida Santo Amaro e chama-se Amaro's Bichos. Veja que beleza, a introdução de um único apóstrofo antes do S é suficiente para o surgimento de tantos significados. Funciona em inglês, em português, resume a essência da loja e sua localização. Deviam criar para o dono da Amaro's Bichos um cargo de analista para nomes de estabelecimentos dedicados aos animais. MaluCÃO? Licença negada. CÃO de Mel? De jeito nenhum. HomeoPATAS? Talvez, vamos ver.

E já que entramos no terreno dos trocadilhos bilíngues, gostaria de expor um, de minha lavra. Surgiu quando eu descobri que *jogo de palavras* em inglês é *pun*, e pode ajudar a todos que, como eu, são repreendidos ao soltarem algo como "Wim Wenders e aprendenders", numa mesa de bar. Basta encarar seus detratores e dizer, com falso arrependimento: "Desculpa, pessoal, soltei um *pun*".

MÓVEIS AO MAR

Vi num programa de televisão que, entre as inúmeras melhorias necessárias para as Olimpíadas do Rio, está "a limpeza da Baía de Guanabara". Dita a frase, a tevê mostrou um sofá encalhado num mangue: três lugares, revestimento acetinado, puxando pro lilás, com os assentos enlameados sendo disputados por dois urubus. Incrível.

Não pretendo, de forma alguma, desmerecer o Rio. Quando vi o presidente do Comitê Olímpico Internacional tirando o cartão do envelope e dizendo Rrrio de Rrranerow, no início do mês, lágrimas cruzaram minhas bochechas, tão rápidas quanto, imagino, canoas e barcos a vela singrarão as águas da rediviva Cidade Maravilhosa, daqui a seis anos e meio. A amplitude de meu desespero vai muito além das pequenas rixas regionais: como pode um ser humano, oh céus!, jogar um sofá no mar?

Todos nós já nos encontramos na rua, algum dia, com um papel de bala na mão, ou uma latinha de refrigerante, olhando em volta, em busca de uma lixeira. Muitos de nós, não encontrando nenhuma, já jogamos o papel no chão, colocamos a latinha num canto, ou ao lado de um saco de lixo — como se, por osmose, quem sabe, ela fosse parar lá dentro. Não se justifica, mas se compreende. Agora, até onde pude ver, nesses trinta e dois anos sobre a Terra, as pessoas não andam por aí com sofás velhos nos ombros. Sequer com poltronas. Nem mesmo uma almofada costuma-se levar à rua. Para se atirar um móvel ao mar, portanto, é preciso não apenas má-fé, mas esforço, engenho, planejamento e trabalho em equipe.

Imagino o sujeito, lá pela quarta-feira, ligando pros amigos: "Ô Gouveia, tudo bom? É o Túlio. Seguinte, tô precisando de uma forcinha aí, no sábado, pra jogar um sofá da ponte...". "Maravilha, Valdeci! Então sábado à tarde cê traz a Kombi do teu cunhado e a gente resolve o problema." "Fica tranquilo, Murilão, depois a gente volta aqui e faz um churrasquinho!"

Sábado à tarde, os amigos se reúnem. O Valdeci com a Kombi do cunhado, o Murilão e o Gouveia cheios de entusiasmo, o Túlio pondo as Brahmas pra gelar, enquanto sua mulher orienta os homens na sala: "Cuidado com o batente!", "Olha o abajur, o abajur, Gouveia!".

Os amigos amarram o sofá na caçamba da Kombi — é uma dessas Kombis-caminhonete — e dirigem meia hora até a ponte mais próxima. Talvez no caminho façam um bolão: sofá boia ou afunda? O Murilão diz que o fogão da prima afundou, semana passada. O Valdeci comenta que a geladeira da tia boiou — já faz o quê, dois anos?

Chegam à ponte. Param no acostamento. Tiram o sofá da caçamba, contam um, dois e lá vão os... Pronto, atiraram o sofá no mar. O sofá boia. Os três o contemplam, sendo levado pela correnteza, naquele silêncio que só as verdadeiras amizades permitem. Túlio brinca: "Saravá, Iemanjá!". Depois vão comer churrasco.

LOJA DE COLCHÕES

A loja de artigos esportivos tem as paredes forradas por fotos de jovens correndo, escalando montanhas, remando canoas. O supermercado exibe cartazes com casais brindando, crianças babando sorvete, velhinhos comendo mamão. A confecção da esquina expõe as roupas na vitrine em manequins, como se fossem uma turma de amigos a contemplar a paisagem. Todo o comércio se esmera em criar um climinha em torno do seu produto, em imitar os ambientes e situações em que ele será usado: só as lojas de colchão é que não. Nesses cubos brancos, banhados a luz fria, os colchões são expostos nus, sem direito sequer a lençol, sobre camas em que ninguém dormiu nem dormirá — e isso me deixa triste como o diabo.

É o colchão, não o cachorro, o melhor amigo do homem. Do colchão viemos, ao colchão voltaremos, se não na última de nossas noites, aquela que não verá aurora, ao menos ao fim de cada dia, quando, esgotados pela vigília e purificados pelo banho, sonhamos com mulheres nuas e elefantes alados — ou elefantes vestidos e mulheres aladas: nunca se sabe o que pode acontecer num colchão, depois que se apagam as luzes.

O colchão é o *locus* do sono, do sonho, do sexo; é um bom companheiro, ninguém pode negar. Por que então, ó

Deus, as lojas em que são vendidos mais parecem consultórios dentários, templos calvinistas? Não sei. Mas andei pensando umas coisas aí.

Talvez a intimidade entre o colchão e seu dono seja tanta que impossibilite uma ambientação verossímil. Um decorador que tentasse criar um clima acabaria transformando o estabelecimento num sex shop ou no quarto de um estranho — e nada nos é menos íntimo do que a intimidade alheia. Daí que as lojas tenham essa pinta de tupperware gigante, onde os colchões, pavões sem plumas, aguardam seus futuros donos em silêncio, exalando antiácaro.

Os futuros donos andam por entre as camas, apertando timidamente a espuma. Um ou outro, mais ousado, senta na beiradinha. O vendedor incentiva: "Vai em frente, deita, sente as molas! E o revestimento? 100% algodão egípcio!". O cliente sorri amarelo, não quer deitar, não quer que saibam como, de noite, sonha com mulheres nuas, elefantes alados, ou vice-versa. Não vê a hora de adotar um colchão, levá-lo dali e lhe dar casa, cama, roupa lavada.

No mundo todo é assim. Já vi lojas de colchões em Girona, interior da Catalunha, na avenida Xietu, zona sul de Xangai, em Poughkeepsie, norte de Nova York. Não muda: câmaras criogênicas, como aquelas em que os astronautas aguardam, congelados, a longa viagem de volta para casa, nos filmes de ficção científica. É a vida, sem vida. Talvez só os bares de strip e as praças de alimentação sejam lugares mais tristes do que a loja de colchões. Mas só talvez.

BAR RUIM É LINDO, BICHO

Eu sou meio intelectual, meio de esquerda, por isso frequento bares meio ruins. Não sei se você sabe, mas nós, meio intelectuais, meio de esquerda, nos julgamos a vanguarda do proletariado, há mais de 150 anos. (Deve ter alguma coisa errada com uma vanguarda de mais de 150 anos, mas tudo bem.)

No bar ruim que ando frequentando ultimamente o proletariado atende por Betão — é o garçom, que cumprimento com um tapinha nas costas, acreditando resolver aí quinhentos anos de história.

Nós, meio intelectuais, meio de esquerda, adoramos ficar "amigos" do garçom, com quem falamos sobre futebol enquanto nossos amigos não chegam para falarmos de literatura. "Ô Betão, traz mais uma pra gente", eu digo, com os cotovelos apoiados na mesa bamba de lata, e me sinto parte dessa coisa linda que é o Brasil.

Nós, meio intelectuais, meio de esquerda, adoramos fazer parte dessa coisa linda que é o Brasil, por isso vamos a bares ruins, que têm mais a cara do Brasil que os bares bons, onde se serve petit gateau e não tem frango à passarinho ou carne de sol com macaxeira, que são os pratos tradicionais da nossa cozinha. Se bem que nós, meio intelectuais, meio de esquerda, quando convidamos uma moça para sair pela primeira vez, atacamos mais de petit gateau do que de frango à passarinho, porque a gente gosta do Brasil e tal, mas na hora do vamos ver uma Europazinha sempre ajuda.

Nós, meio intelectuais, meio de esquerda, gostamos do Brasil, mas muito bem diagramado. Não é qualquer Brasil. Assim como não é qualquer bar ruim. Tem que ser um bar ruim autêntico, um boteco, com mesa de lata, copo americano e, se tiver porção de carne de sol, uma lágrima imediatamente desponta em nossos olhos, meio de canto, meio escondida.

Quando um de nós, meio intelectuais, meio de esquerda, descobre um novo bar ruim que nenhum outro meio intelectual, meio de esquerda conhece, não nos contemos: ligamos pra turma inteira de meio intelectuais, meio de esquerda e decretamos que aquele é o nosso novo bar ruim.

O problema é que aos poucos o bar ruim vai se tornando cult, vai sendo frequentado por vários meio intelectuais, meio de esquerda e universitárias mais ou menos gostosas. Até que uma hora sai na *Vejinha* como ponto de artistas, cineastas e universitários e, um belo dia, a gente chega no bar ruim e tá cheio de gente que não é nem meio intelectual, nem meio de esquerda e só foi lá para ver se tem mesmo artistas, cineastas e, principalmente, universitárias mais ou menos gostosas. Aí a gente diz: eu gostava disso aqui antes, quando só vinha a minha turma de meio intelectuais, meio de esquerda, as universitárias mais ou menos gostosas e uns velhos bêbados que jogavam dominó. Porque nós, meio intelectuais, meio de esquerda, adoramos dizer que íamos a tal bar antes de ele ficar famoso, a tal praia antes de ela encher de gente, ouvíamos a banda antes de tocar na MTV. Nós gostamos dos pobres que estavam na praia antes, uns pobres que sabem subir em coqueiro e usam sandália de couro — isso a gente acha lindo, mas a gente detesta os pobres que chegam depois, de Chevette e chinelo Rider. Esse pobre não. A gente gosta do pobre autêntico, do Brasil autêntico. E a gente abomina a *Vejinha*, abomina mesmo, acima de tudo.

Os donos dos bares ruins que a gente frequenta se dividem em dois tipos: os que entendem a gente e os que não entendem. Os que entendem percebem qual é a nossa, mantêm o bar autenticamente ruim, chamam uns primos do cunhado para tocar samba de roda toda sexta-feira, introduzem bolinho de bacalhau no cardápio e aumentam em 50% o preço de tudo. (Eles sacam que nós, meio intelectuais, meio de esquerda, somos meio bem de vida e nos dispomos a pagar caro por aquilo que tem cara de barato.) Os donos que não entendem qual é a nossa, diante da invasão, trocam as mesas de lata por umas de fórmica imitando mármore, azulejam a parede e põem um som estéreo tocando reggae. Aí eles se dão mal, porque a gente odeia isso; a gente gosta, como já disse algumas vezes, é daquela coisa autêntica, tão raiz, tão Brasil.

Não pense que é fácil ser meio intelectual, meio de esquerda em nosso país. A cada dia está mais difícil encontrar bares ruins do jeito que a gente gosta, os pobres estão todos de chinelo Rider e a *Vejinha* sempre alerta, pronta para encher nossos bares ruins de gente jovem e bonita e difundir o petit gateau pelos quatro cantos do globo. Para desespero dos meio intelectuais, meio de esquerda que, como eu, preferem frango à passarinho e carne de sol com macaxeira (que é a mesma coisa que mandioca mas é como se diz lá no Nordeste e nós, meio intelectuais, meio de esquerda, achamos que o Nordeste é muito mais autêntico que o Sudeste e preferimos esse termo, macaxeira, que é mais assim Câmara Cascudo, saca?).

— Ô, Betão, vê uma cachaça aqui pra mim. De Salinas quais que tem?

PÉTALAS E BITUCAS

Moro num apartamento térreo, com um pequeno quintal, cheio de plantas e bitucas de cigarro. As plantas são as mais variadas, as bitucas são todas iguais: Marlboro Light, manchadas de batom vermelho, fumadas só até a metade.

Quando vim morar aqui, reclamei com o síndico. Ele escreveu uma carta, colou-a no elevador: "Caros moradores do Ed. Maria Regina: favor não atirar lixo ou demais objetos pela janela. Muito obrigado, A Administração". Você acha que adiantou? As guimbas de Marlboro Light, manchadas de batom vermelho e fumadas só até a metade, continuaram a brotar, a cada manhã, entre manacás e marias-sem-vergonha.

Resolvemos apelar para a emoção. Escrevemos, a quatro mãos, uma segunda circular: mencionamos o risco de incêndio, o ralo entupido, o possível alagamento do quintal, da sala, a chance da água vazar para o hall, entrar no fosso do elevador e danificar o motor — já aconteceu, uma vez. A vizinha está convencida, contudo, de que meu quintal é o seu cinzeiro. Já faz quatro anos...

Não há dia em que eu não imagine quem será essa minha inimiga, invisível e incansável. Confesso que o batom me confunde. Antes de morar aqui, eu simpatizava com bitucas manchadas de vermelho. Evocavam certo fascínio anacrônico, pensava em Ingrids Bergmans ou Marilyns Monroes tomando bourbon e rindo alto, com os ombros de fora.

Não é o caso da minha vizinha, certamente. Não posso visualizar uma mulher daquelas concentrada numa atividade tão mesquinha como atirar bitucas num vaso de manacá. Se é para jogar alguma coisa no quintal alheio, a femme fatale ataca logo o tomateiro, como faz Marilyn em *The Seven Year Itch*.

Será a vizinha uma sociopata, dessas que vão pelo acostamento, quando engarrafa, e maltratam garçom em restaurante? Ou será uma pobre coitada, que atira suas guimbas só de raiva, porque eu tenho um jardim, e ela não tem? Por isso só fuma metade dos cigarros? Para poder jogar logo, acender outro e jogar mais uma vez?

Começo a sentir pena dessa mulher. Imagino-a só, fumando pelo apartamento, de roupão e batom vermelho. (Como Gloria Swanson, em *Sunset Boulevard*, para continuar nos exemplos cinematográficos.) Talvez a guerrinha entre seus cigarros e meu jardim seja a única coisa que ela tem. Eis a grande marca que ela deixará no mundo, quando se for: uns queimadinhos cilíndricos no meu chão de pastilhas brancas.

Pobre alma! Não posso arruinar sua vida. Pode continuar jogando, vizinha! Principalmente agora, que os manacás estão todos floridos e as gardênias, cheias de botões. Eu varro suas bitucas, no fim da tarde. Depois, no lixo, sequer vou notá-las, perdidas entre as pétalas das flores. E se pegar fogo no prédio, bom, não foi por falta de aviso...

PRÉDIOS

Você não acha incrível que os prédios não caiam? Existem milhões de prédios no mundo, muitos estão de pé há anos e anos, com quarenta, noventa andares, uns em cima dos outros, feitos de cimento, pedra, aço, barro: não seria nada estranho se, de tempos em tempos, algum desabasse por aí. Pegaríamos o jornal, pela manhã, e leríamos: "Edifício despenca no Chipre: vítimas chegam a oitenta", "Síndico afirma: prédio que ruiu em Pinheiros havia passado pela revisão anual", "Desabamentos condominiais são a oitava causa de morte na Ásia".

Peritos acusariam um lençol freático, um ataque silencioso de cupins, uma infiltração antiquíssima no banheiro de empregada do terceiro andar. Ficaríamos um pouco tristes, como sói acontecer diante das tragédias distantes, mas tocaríamos a vida. Fazer o quê? Prédio é arriscado mesmo, como os aviões, os enlatados, as usinas nucleares. É o preço do progresso.

Fico ainda mais abismado com a segurança dessas construções quando penso que não precisa fazer nada para conservá-las de pé. Máquinas precisam de manutenção. Computador precisa de manutenção. Dentes precisam de manutenção. Só prédio é que não. Basta construir e pronto. Não há que passar verniz nas colunas todo verão, jogar cimento nas fundações a cada dois anos ou, quem sabe, substituir os tijolos de década em década. Pelo menos aqui onde eu moro, nunca vi nada disso. Tem dedetização, reforma na coluna-d'água, pintura da fachada, enfim, só perfumaria.

Se eu vivesse muito tempo atrás, quando ainda não existiam prédios, e soubesse que um engenheiro estava projetando essa revolucionária forma de moradia, seria terminantemente contra. Claro que não vai dar certo! Vai cair! Imagina só se dez pessoas no último andar correm todas para o mesmo cômodo? Tragédia! Eu poria meu nome num abaixo-assinado, iria para a praça fazer passeata, ergueria faixas: prédio, não!

No entanto, a ideia não só deu certo como prédio é o que a humanidade faz de melhor. Os povos acabam, morre todo mundo, o que sobra? Prédios. O que são as pirâmides, senão os prédios dos egípcios? Partenon? O prédio dos deuses. Quando queremos dizer que os incas, maias e astecas eram evoluídos, mencionamos seus rituais? Sua tapeçaria? Sua matemática? Nada. Dizemos: "Ó lá os prediões que eles construíam, ainda tão de pé!".

As religiões são duradouras, as línguas são duradouras, a humanidade, até, é duradoura. Mais dia, menos dia, contudo, voltaremos ao pó do qual viemos, com nossos deuses e nossas histórias. E se, depois de nossa extinção, alienígenas pousarem sobre a Terra, querendo saber a que se dedicava a humanidade, olharão em volta e poderão fazer uma única afirmação com segurança: prédios.

O SALTO

A gente não tem como saber se vai dar certo. Talvez, lá adiante, nos espere uma mesa num restaurante, onde você mexerá o suco com o canudo, enquanto eu quebro uns palitos sobre o prato — pequenas atividades às quais nos dedicaremos com inútil afinco, adiando o momento de dizer o que deve ser dito. Talvez, lá adiante. Mas entre o silêncio que pode estar nos aguardando então e o presente — você acabou de sair da minha casa, uma vez ou outra ainda consigo sentir seu cheiro pelo quarto —, quem sabe não seremos felizes? Entre a concretude do beijo de cinco minutos atrás e a premonição do canudo girando no copo pode caber uma vida inteira. Ou duas.

Passos atrapalhados de dança e risadas, no corredor do meu apartamento. Respirações ofegantes, cafunés. Uma festa cheia de amigos queridos. Estradas, borrachudos, a primeira visão de sua nécessaire (para que tanto creme, meu Deus?!), banhos de mar — você me agarrando com as pernas e tapando o nariz, enquanto subimos e descemos com as ondas —, mãos dadas no cinema, uma poltrona verde e gorda comprada num antiquário, um tatu-bola na grama de um sítio, algumas cidades domesticadas sob nossos pés, postais presos por ímãs na porta da geladeira e garrafas vazias num canto da área de serviço. Então, numa manhã, enquanto leio o jornal, te verei escovando os dentes e andando pela casa, dessa maneira aplicada e displicente que você tem de escovar os dentes e andar ao mesmo tempo, e saberei, com a certeza que surge das pequenas descobertas, que sou feliz.

Talvez, céus nublados e pancadas esparsas nos esperem mais adiante. Silêncios onde deveria haver palavras, palavras onde poderia haver carinho, batidas de frente, gritos até. Depois faremos as pazes. Ou não?

Tudo o que sabemos agora é que eu te quero, você me quer e temos todo o tempo e o espaço diante de nossos narizes para fazer disso o melhor que pudermos. Se tivermos cuidado e sorte — sobretudo, quem sabe?, sorte —, é capaz que dê certo. Não é fácil. Tampouco impossível. E se existe essa centelha quase palpável, essa esperança intensa que chamamos de amor, então não há nada mais sensato a fazer do que soltarmos as mãos dos trapézios, perdermos a frágil segurança de nossas solidões e nos enlaçarmos em pleno ar. Talvez nos esborrachemos. Talvez saiamos voando. Não temos como saber se vai dar certo — o verdadeiro encontro só se dá ao tirarmos os pés do chão —, mas a vida não tem nenhum sentido se não for para dar o salto.

A VERDADE SOBRE O PT
E OS TRANSGÊNICOS

Segunda de manhã, você abre o Outlook e há quarenta e dois e-mails, prestes a entrar. Quanta expectativa naqueles poucos segundos! Serão amigos do passado, que resolveram dar um alô? Aquela resposta da editora, que você espera há meses? Recados apaixonados do seu amor, que viajou a trabalho? Ou a herança milionária de um tio-avô desconhecido?

Então, como se o céu fechasse em fast forward, uma nuvem de mensagens em negrito toma sua tela, todas com o mesmo subject: "A verdade sobre o PT e os transgênicos!". Desiludido, você percebe que, mais uma vez, foi incluído num grupo de discussão.

O texto, enviado por um tal "rubão" — você não se lembra de jamais ter conhecido um Rubão —, traz provas incontestes de que o PT é financiado pela Monsanto e o governo Lula nada mais é do que um complô mundial para plantar soja na Amazônia. Em resposta, "luluteca" diz que Rubão deveria tomar mais cuidado com suas fontes, pois a ONG que divulgou o texto da soja está sendo investigada pela PF por receber dinheiro das FARC, segundo alertou o pensador Olavo de Azevedo, em seu blog. "Macamargo", a seguir, entra na briga: "Gente!!! O Olavo de Azevedo?! Todo mundo sabe que ele é da Opus Dei, da TFP e criador da lei que pretende transformar o topless em crime hediondo!". Quando você vai ver, a manhã já acabou. Decide apagar aquilo tudo, ir comer e à tarde, quem sabe, trabalhar.

Impossível. Na volta do almoço, a briga migrou para MST e Bolsa Família. Lá pelas duas e meia, o clima fica pesado. É "ignorante" pra cá, "fascistoide" pra lá, "stalinista" a torto e a direito. A turma do deixa-disso entra em cena. "Marola" lembra a todos que eles estão ali para debater ideias, respeitando o pluralismo, e não é porque uns são a favor da cadeira elétrica para menores reincidentes e outros defendem o sequestro de celebridades, que não podem tomar um chope juntos na quinta. Entusiasmo generalizado. Entre três e quatro horas, são trocadas vinte e seis mensagens com sugestões de bares. A facção que apoia a Vila Olímpia, contudo, entra em confronto com os frequentadores da Vila Madalena. É quando "ju.pimentel" se lança "contra tudo isso que está aí" e sugere "um boteco de verdade", no Tatuapé.

Quinta-feira ainda chegam, aqui e ali, e-mails da turma. Você percebe que a cerveja não rolou, um filhote de labrador foi negociado na paralela e "marola" e "luluteca" trocam receitas de guacamole. Sexta à tarde, antes de desligar o computador, chega a última mensagem. Diz assim: "Só podia ser palmeirense, mesmo, hein, Nestor?!". Depois disso, todos desaparecem, sem mais explicações, e você fica pensando como diabos foi parar no meio daquilo.

ALL DISNEY

Toda vez que vejo a tabuleta no carrinho de supermercado do prédio — "Não sei voltar sozinho, meu lugar é na garagem" —, sinto um pendor para o vandalismo. Tenho vontade de agarrar aqueles arames fanfarrões e desafiar: "Ah, não sabe? Quer dizer que é capaz de escrever um aviso em primeira pessoa, imprimi-lo numa placa, mas esticar a rodinha até o botão do elevador e apertá-lo, que é bom, nada? Agora vai voltar sozinho, sim senhor!".

Suponho que eu devesse achar graça em estabelecer contatos imediatos de terceiro grau com um carrinho de supermercado. E, sentindo-me satisfeito por morar num edifício onde tal objeto é tão gentil e bem-humorado, deveria olhá-lo com ternura e dizer: "Ok, amigão, vamos lá, eu te devolverei à garagem, seu doce lar, onde reencontrará seus irmãos metálicos e poderá fazer as mais loucas traquinagens!". Mickey Mouse aparecer com vassouras e baldes dançantes ou carros falarem abrindo e fechando os capôs seria uma consequência lógica, e eu sorriria mais uma vez, pois a vida, afinal de contas, havia se tornado um desenho animado.

Está certo, o lugar do carrinho é na garagem, como o céu é do condor e a rua Javari é do Juventus. Longe de mim querer condená-lo a noites frias em halls escuros, ou espremê-lo ao lado de vizinhos resmunguentos, no canto de um elevador. O que penso, triste, diante da tabuleta, é: onde foi que nós erramos? Deveríamos levar o carrinho para baixo — e diminuir as emissões de carbono, votar nas eleições ou bater panelas na rua movidos por Thomas More e Rousseau, não por Disney e Pixar. A tabuleta e seu humor infanto-publicitário, no entanto, apenas confirmam que nossa visão de cidadania não é a de Rousseau — obedecer as leis que nós mesmos ajudamos a criar —, mas a de Scooby-Doo: se fizermos tudo direitinho, ganhamos um biscoito no final.

É um curioso autismo lúdico: não olhamos nos olhos dos vizinhos, mas conversamos com carrinhos de supermercado. Não é de se admirar que as coisas estejam como estão. (E os carrinhos, pelo menos aqui no meu prédio, continuem abandonados no elevador. Tadinhos.)

MARTE ATACA

Eis então que, depois de escarafunchar o céu com telescópios, auscultá-lo com antenas parabólicas e mandar sondas e robôs para tudo quanto é lado, surge o primeiro sinal consistente de que há vida fora da Terra: encontraram pum em Marte. Muito pum. Dezenove mil toneladas, segundo anunciou Michael Mumma, cientista da NASA, em 15 de janeiro, e publicou-se neste jornal no dia seguinte. (Claro que, por serem o *Estadão* e a agência espacial norte-americana duas instituições muito sérias, o termo *pum* não foi utilizado, mas seu nome de salão, metano, que é mais elegante, embora tenha exatamente o mesmo cheiro.) A pergunta que agora fazem os astrônomos e boa parte da comunidade científica mundial é aquela sempre suscitada quando esse tipo de gás aparece por aí: quem foi?

Aqui em nosso planeta, noventa por cento de todo o pum (ou metano, se a senhora preferir) é produzido por seres vivos. Os dez por cento restantes surgem de reações químicas entre rochas e a água, e há também uma pequena parcela de culpa atribuída aos catalisadores. Como o metano de origem geológica é mais raro e nem os mais otimistas ufólogos acreditam que os marcianos produzam discos voadores com catalisador, a maior possibilidade é que haja no fundo do planeta vermelho uns micro-organismos chamados *archaea metanogênicas*. Esses bichinhos infelizes, a quem Deus ou a seleção natural não proveu de olhos para ver o céu estrelado, de ouvidos para escutar o farfalhar das folhas ao vento ou mãos para fazer cafuné, passam a vida enfiados na Terra, no estômago das vacas e no sistema digestivo de outros animais, transformando hidrogênio e gás carbônico em metano. É só o que fazem — e não reclamam, pois tampouco têm boca ou sistema nervoso central.

Os cientistas descobriram que havia todo esse gás em Marte ao analisar a luz que, refletida no planeta vermelho, nos chega à Terra. Não sei exatamente como funciona, mas parece que alguma coisa acontece quando os raios solares atravessam dezenove mil toneladas de metano; eles chegam aqui de um jeito que basta os físicos baterem o olho para saber que tipo de atmosfera os pobrezinhos cruzaram.

Para descobrir mesmo se tem vida enterrada em Marte ou se são apenas rochas e água causando toda essa confusão é preciso mandar uma nave tripulada ou um robô. Alguém que desça do módulo espacial, bata o pé e grite: "Quem foi?!". Enquanto isso não acontece — astronautas ameaçam greve ou exigem pelo menos um extra por insalubridade — já tem gente aqui na Terra sugerindo mudar o apelido de Marte de Planeta Vermelho para Planeta Amarelo, embora os cientistas achem que ainda é cedo para tomar qualquer medida.

CACHORRÓFILOS & CANINÓFOBOS

Não é que eu não goste de cachorros. Até gosto. Acho-os bonitinhos quando pequenos e simpáticos depois de grandes. Só não quero que eles babem na minha mão, estampem as digitais em meu peito ou resolvam, na flor da idade, aliviar suas urgências mais íntimas em minhas castas panturrilhas.

Se eu dissesse que não quero que um colega de trabalho lamba minha mão enquanto digito, ou que o vizinho adolescente se atraque à minha coxa toda vez que tomo o elevador, seria acusado de misantropo? De inimigo da humanidade? Pois então, meus senhores, o que há de errado em esperar dos quadrúpedes — domesticados, de acordo com seus defensores — o mesmo respeito a certas regras mínimas de conduta e civilidade?

Acreditem: não é fácil, hoje em dia, ter qualquer reserva quanto aos cães. Nós, os que não ficamos contentes com o inesperado corpo a corpo com um animal desconhecido pelas esquinas da cidade, chegamos a ser até malvistos socialmente. Creem-nos seres desalmados, só por tentarmos nos desvencilhar do mamífero atracado a nossos sapatos, com discretos chacoalhões de perna, delicados empurrões com o jornal. O tipo de pessoa que, se houver um crime no prédio, vai ser o primeiro suspeito. "Um cara estranho", dirão.

Acho que cachorro, assim como sushi e religião, é um negócio com o qual a gente se afeiçoa quando pequeno, ou nunca mais. Lá em casa, íamos bastante à Liberdade, tínhamos uma vaga noção sobre Deus e nenhum relacionamento com bichos de estimação — peixes dourados, ganhados de brinde em festas infantis, que apareciam boiando na bacia, vinte e quatro horas depois, não contam.

Consegui conviver razoavelmente bem com esse, digamos, desvio, até que fui conhecer minha sogra, semana passada. "Ela é muito tranquila", avisou-me minha namorada, querendo me acalmar, a caminho do almoço. "Fica ali na Granja Viana, com seus dezessete cachorros, sossegada. A única coisa que ela não tolera é gente que não curte bicho." Fiquei petrificado: aquela gente era eu.

Esforcei-me, nas duas horas que durou o almoço, para disfarçar minhas "preferências animais". Cheguei a ficar com dois cachorros no colo durante algum tempo — fazendo carinho — e fui até capaz de discorrer sobre as virtudes e vícios do governo Lula enquanto um deles envernizava meu cotovelo com várias demãos de saliva.

Estava já no carro, crente que havia vencido a barreira da caninofobia e conquistado minha simpática sogra, quando ela se apoia na janela e me diz, sem rodeios: "Você não gosta de cachorro, né?". Quis explicar-lhe minha teoria sobre a civilidade interespécies, pensei em exemplificá-la dizendo como seria estranho se eu lambesse o cotovelo dela, mas achei melhor me resignar com um sincero "Não muito".

Despedimo-nos melancolicamente. No caminho de volta, minha namorada tentou me consolar, dizendo que não tinha problema. O pior que poderia acontecer era, na próxima visita, sairmos de lá com um filhotinho de dogue alemão. Ela falava sério. Eu devia ter dito que era alérgico. Agora, só me resta comprar uma cumbuca e um ossinho e aguardar a chegada dessa peluda prova de amor.

PROCON DIVINO

Os assassinos, os molestadores, os tiranos, os que pagam as contas privadas com dinheiro público e os que empregam a família no Senado: com esses não há que se preocupar, já estão na listinha que Deus e seu capataz, o Diabo, levam no bolso da frente. Há outros, contudo, mais discretos — mas nem por isso menos nocivos —, que talvez passem despercebidos. Por eles elevo minhas preces: que a ira divina não os esqueça, no dia em que o céu finalmente cair sobre nossas cabeças.

Fabricantes de papel higiênico rosa: vagai pelo além vestindo mantos de lixa, secai vossos corpos com toalhas de língua de pirarucu e limpai vossos umbigos com cotonetes de mamona, pois que menor castigo merecem os que obrigam seus semelhantes, encurralados em cubículos fétidos, a se autopenitenciarem com o mais torpe fruto da celulose?

Engenheiros aeronáuticos que projetastes as poltronas da classe econômica e magnatas da aviação que fumais vossos charutos comprados com a bufunfa dos passageiros enlatados: que vós reencarneis como bonsais, pois só a vida centenária de um carvalho num vasinho de dez centímetros pode se equiparar a oito horas em vossas aeronaves.

Produtores de mostarda vagabunda, que prometeis sabor e entregais papas arenosas de amido de milho: boiai pela eternidade em oceanos de mingau, não vendo nenhuma terra firme além de icebergs de tofu, que escalareis com as mandíbulas, pois que nada nessa vida é de tanto mau gosto como a falta de gosto que vós multiplicais.

Vendedores de chuveiro elétrico, que prometeis temperatura e pressão ao mesmo tempo: que a vós sejam reservados boxes de gelo nas calotas polares dos infernos, onde ficareis eternamente a girar para lá e para cá um registro, recebendo ora um fiozinho de óleo fervente no cocuruto, ora uma ducha de água fria na espinha, pois que não existe, na história da hidráulica, falácia maior do que temperatura e pressão ao mesmo tempo — "a nível de" chuveiro elétrico.

Vós, que fazeis cortadores de unha que não cortam, tremei: que vossas unhas cresçam à velocidade de dez centímetros por minuto, e que não tenhais para apará-las mais do que os dentes de vossas bocas, e que o tempo seja inteiramente ocupado na ação de roê-las, e que sejais como coelhos com cenouras, sendo vós tanto os coelhos quanto as cenouras, pois há na vida poucas aflições maiores do que ter a unha dobrada sob a lâmina cega de vossos cortadores.

E que todos os outros, tantos outros, que tirais vossos salários do amesquinhamento do mundo, que semeais o incômodo, a frustração e a dificuldade, e que sabeis que o que fazeis é ruim: lembrai-vos da ira divina, e temei o fogo do inferno, e arrependei-vos, pois que ainda é tempo!

ORNITORRINCO

Meu senhor, minha senhora, desculpe tocar no assunto, mas você vai morrer. Não se ofenda, vamos todos: eu, a Dona Eulália do 51, a rainha Silvia da Suécia e a voz da chamada a cobrar. Talvez não hoje, nem em dez anos, mas uma hora dessas bateremos as botas e batidas elas ficarão, até virarem terra, depois capim, minhoca, cachorro e daqui a milhões de anos, quando o sol explodir, voltaremos à poeira cósmica da qual viemos.

Eu sei que você sabe disso — sempre soube —, mas aposto que não estava pensando no assunto quando começou a ler esta crônica. Nós raramente pensamos na morte. Sabemos que ela existe em algum lugar distante, assim como, digamos, os ornitorrincos — e assim como vivemos muito bem, obrigado, sem nunca topar com um ornitorrinco, nutrimos lá no fundo a esperança de, quem sabe, jamais darmos de cara com Ela.

Talvez seja melhor assim. Seria impossível viver de olho na ampulheta. O dia a dia se transformaria num filme do Bergman, ficaríamos cambaleando por corredores escuros e resmungando sobre o tempo e o nada, ou quem sabe sairíamos loucos pelas ruas, pelados, saqueando supermercados, bebendo Cynar no gargalo e cantando "A jardineira";

imagina só botar as crianças pra dormir ou calcular o imposto de renda no meio dessa confusão.

Não é por desleixo que ignoramos a morte: empenhamos muita energia nessa direção. Está vendo esses homens embriagando-se no bar? Aquela garota de sobrancelhas franzidas analisando a tabela nutricional do iogurte? O casal brigando dentro do carro? Tudo para não olharmos de frente a grande defenestradora. Tergiversamos o quanto podemos, mas não postergamos: uma hora ela chega, nós vamos.

Não, caro leitor, esta não é uma crônica edificante. Não recomendarei que viva todo dia como se fosse o último, salte de paraquedas, que faça as pazes com seu irmão. Talvez essas ações te fizessem bem, mas isso nada tem a ver com a morte. Ter uma vida plena só é bom enquanto estamos vivos; defuntos, Don Juan e a dondoca são iguaizinhos.

Veja só os gregos, tão sabidos: todos mortos. Shakespeare, morto! Einstein, morto! A Marilyn Monroe, Noel Rosa e o cacique Tibiriçá, mortos! "Ah, mas eles sobreviveram em nossa memória!" Grande coisa. Lembranças não comem picanha, não fazem sexo e, mesmo vivendo na cabeça de milhões de pessoas, nunca sentiram o prazer de um cafuné.

Paciência. O negócio é tocar pra frente. Vamos lá, hoje é domingo. Tem jogo? Churrasco? É dia de cortar as unhas dos pés? Melhor não pensar na morte e torcer para que ela também não pense na gente. Quando ela vier, que venha: antes disso, que fique lá pros lados da Austrália, junto aos ornitorrincos.

Desculpe tocar no assunto.

SUBSOLO 1

"Mundo mundo vasto mundo/ se eu me chamasse Raimundo/ seria uma rima, não seria uma solução." Os versos de Drummond me tomaram assim que saí do elevador no andar errado, num prédio da Berrini, e dei com a praça de alimentação; um piso só de restaurantes, submerso em toneladas de concreto, no centro empresarial de São Paulo.

Então assim é o mundo — pensei —, é aqui que estão as pessoas que têm emprego, FGTS, férias remuneradas, chefes que admiram e/ou detestam, colegas com quem competem e se comprazem, horário de almoço e happy hour, as pessoas normais, enfim, que saem de casa toda manhã para trabalhar num escritório, em vez de caminharem, sós, em direção a uma edícula no fundo do quintal.

Eu leio sobre o mundo, com frequência, nos jornais. Algumas vezes por dia, entre uma e outra tela do Word, dou um passeiozinho na internet; descubro que a bolsa subiu, que a bolsa caiu, que alagou aqui, secou ali e o congestionamento, às seis e doze, é de 187 km. De vez em quando leio livros sobre o mundo. Estudei o mundo por cinco anos, inclusive, na faculdade de ciências sociais, mas raramente vou até ele, e precisei do choque daquela praça de alimentação submersa para me dar conta de quão distante estávamos — eu, na edícula; ele, na Berrini.

Para um escritor, poucas constatações podem ser mais trágicas. Posso me acabar de ler Shakespeare, Dostoiévski e Goethe, mas os verdadeiros Macbeths, Ivans Karamázovs e Faustos estão entre as máquinas de café e os scanners, tiram fotinhos na portaria e alimentam as catracas com seus crachás; nos vinte andares acima do Subsolo 1, sonhos medram ou murcham, homens negociam, traem, fofocas espalham-se, talvez alguém entregue a própria cabeça em nome de um valor; a glória e o fiasco espocam, diariamente, entre divisórias de PVC. Como posso querer ser um escritor se só trato com o Ser Humano por e-mail? Se, no máximo, o vejo amistoso e calmo, no cinema ou num restaurante, no fim de semana?

Voltei ao elevador decidido a raspar essa barbicha calculadamente desleixada (meu crachá de escritor) e arrumar um emprego na Berrini. Pode ser de quinto auxiliar de almoxarifado ou subanalista de cafezinho, não importa, só preciso ter acesso ao coração do mundo. Uma vez ali dentro, ouvirei as moças falando mal do chefe na fila do Subway, descobrirei o que confabulam os jovens de terno na mesa do Súbito, compreenderei a felicidade do garoto que acabou de ser contratado e o ódio de seu vizinho de baia, que não foi. Depois, e só depois, poderei voltar para minha edícula, pronto para escrever algo que preste. Algo, espero, que chegue perto dos últimos versos daquela estrofe de Drummond: "Mundo mundo vasto mundo,/ mais vasto é meu coração".

SENTA, Ô CARECA!

Poucas coisas ferem mais a alma do brasileiro do que "permanecer sentado até a parada total da aeronave e se apagarem os sinais luminosos de apertar cintos". Da próxima vez que viajar de avião, repare. Mal acabou aquele burburinho que segue à aterrissagem — aquele farfalhar de vozes e risadas que não quer dizer outra coisa senão "ufa, sobrevivemos!" —, e os passageiros já começam a se mexer, aflitos, sobre seus assentos flutuantes. Trata-se de um jogo silencioso, do qual todos os viajantes participam, cuja regra é: quem ainda estiver sentado quando for permitido levantar-se, é bicha!

Veja bem, não trago o tema à baila por achar que esses afobadinhos causem grande perigo à sociedade ou ameacem nossas instituições. O máximo que pode acontecer é o avião dar um solavanco, eles se desequilibrarem, quebrarem umas costelas ou passarem dessa pra melhor — o que seria problema unicamente deles. Falo sobre o assunto pois acho que, destrinchando-o, podemos esclarecer outros comportamentos de nosso povo — assim como uma descoberta num gene das drosófilas pode acabar trazendo grandes avanços, digamos, ao cultivo de repolhos.

Observando o bigodudo ilegalmente de pé, ali, no meio do corredor, ou o careca clandestinamente curvado sob o compartimento de bagagens, entendemos melhor a confusão do brasileiro no que tange à observância das regras. Como herança da escravidão, nós nunca entendemos que a lei é um código comum, destinado a organizar minimamente o fuzuê, de forma que possamos caminhar com alguma segurança em direção à felicidade. Vemos a lei como a demonstração de poder de uma pessoa sobre a outra. E o passageiro insubmisso não aceita receber ordens do comissário de bordo, um sujeito que, pouco antes, estava servindo-lhe suco e amendoim — e que, não menos importante, costuma ser jovem e, digamos, bem-apessoado. Mal ouve o anúncio de permanecer sentado, o insurgente pensa "Quem ele pensa que é?!", então se levanta e executa, em ato, a máxima nacional que Roberto DaMatta formulou tão bem: "Você sabe com quem está falando?!". Caso a voz no sistema de som seja de uma aeromoça, a hipótese continua válida. Afinal, vou receber ordens de uma mulher? Eu? Na frente de todo mundo?!

Pobre do brasileiro, sua virilidade não resiste a uma ponte aérea! Diante de tais fatos, sugiro que o governo crie o Ministério da Psicanálise, destinado a combater as causas de tamanha insegurança em nossa pátria tão despatriada. E sugiro aos comissários e aeromoças que sejam mais agressivos na repressão: "Senta, ô careca!" e "Bota o cinto, bigode!" saindo do sistema de som podem ser tão efetivos quanto os ensinamentos de Freud, Jung ou Lacan.

PERDIZES

Vez por outra, indo devolver um filme na locadora ou almoçar no árabe da rua de baixo, dobro uma esquina e tomo um susto. Ué, cadê o quarteirão que estava aqui?! Onde na véspera havia casinhas geminadas, roseiras cuidadas por velhotas e janelas de adolescentes, cheias de adesivos, há apenas uma imensa cratera, cercada por tapumes.

Fecho os olhos, abro de novo, penso se não seria o flashback de um ácido tomado nos anos 60. Lembro-me então que eu não existia nos anos 60 e, portanto, aquilo é exatamente o que parece: uma imensa cratera, cercada por tapumes. As janelas, as roseiras, as casinhas, tudo foi levado em caçambas de entulho — as velhotas e os adolescentes, espero, conseguiram escapar.

Em breve, do buraco brotará um prédio, com grandes garagens e minúsculas varandas, e será batizado de Arizona Hills, ou Maison Lacroix, ou Playa de Marbella, e isso me entristece. Não só porque ficará mais feio meu caminho até a locadora, ou até o árabe na rua de baixo, mas porque é meu bairro que morre, devagarinho.

Os bairros, como os homens, também têm um espírito. É uma espécie de chorume transcendental que escorre pelo meio-fio, soma de suas construções e seus personagens, sua história e sua paisagem. Perdizes é o bairro da PUC e de palmeirenses que gritam pela janela a cada gol, ensandecidos, dos poetas concretos e de deliverys que vendem pizzas de muzzarela, mais baratas a cada ano que passa, é o bairro do TUCA e do Tom Zé — que, dizem, é o jardineiro do prédio onde mora.

Da mesa do árabe em que almoço, vejo estudantes de moda da Santa Marcelina, de cabelo azul, esperando para atravessar a rua, ao lado de freirinhas que cursam pós em teologia na PUC; vejo meninos e meninas de uniforme escolar mascando chicletes, ouvindo iPod e provocando uns aos outros, daquele jeito que meninos e meninas se provocam, um segundo antes de nascerem peitos e barba; vejo um cara que vende cocada, vindo diretamente do século XIX, batendo a sua matraca. No ponto da Cardoso tem o Adão, taxista que conhece não só todas as árvores frutíferas da cidade como ainda sabe em que época cada uma delas dá seus frutos.

Às vezes, no fim da tarde, quando ouço o sino da igreja da Caiubi badalar seis vezes, quase acredito que estou numa cidade do interior. Aí saio para devolver os vídeos, olho pro lado, percebo que o quarteirão desapareceu e me dou conta de que estou em São Paulo, e que eu mesmo tenho minha cota de responsabilidade: moro no segundo andar de um prédio. É um prédio velho, tem o simpático nome de Maria Alice, mas e daí? Ali embaixo, onde agora fica a garagem, já houve uma cratera, e antes dela o jardim de uma velhota e a janela de um adolescente, cheia de adesivos.

O APARTAMENTO DELA

Quando começamos, ela era homeless. Vinha de um mestrado em terras distantes, suas tralhas estavam amontoadas numa garagem em Cotia e vivia com uma mala e um laptop, na sala de tevê de uma amiga. Por alguns meses, portanto, meu apartamento foi o cenário principal do nosso namoro.

Ela chegava do trabalho de noite, dormíamos juntos e no dia seguinte partia, antes que eu acordasse. Mulher independente, orgulhosa, levou semanas para que me concedesse a alegria miserável de um brinco esquecido, um pé de meia, uma Bic que fosse. "Te dou uma gaveta", eu insistia, "Bota seus cremes na bancada", implorava, tentando mostrar que, se já tinha o meu amor, por que não também o apartamento? Nós dois sabíamos, contudo, que era cedo para um passo tão grande, de modo que um dia, como tinha de ser, ela alugou um apartamento só para ela.

De início, não me incomodei. Ajudei a buscar as tralhas em Cotia e até fui numa daquelas lojonas da Marginal comprar maçanetas, soquetes e quetais. Foi só na primeira manhã, quando a vi levantando-se da cama e caminhando até o banheiro, que senti penetrando em meu peito a broca do ciúme. Havia nos passos dela uma leveza inédita, como se o ar que seus pés atravessavam, no apartamento novo, fosse mais rarefeito que o do meu quarto; seus braços pareciam balançar mais soltos, como se até então estivessem preocupados em não tocar as paredes, não resvalar nos objetos; até a camiseta de dormir parecia mais fina e solta naquele trecho da cama à pia.

Percebi que em seis meses ela nunca havia se entregado a nós (eu e meu apartamento) da maneira que se entregava ao outro. Senti-me preterido, diminuído, levemente abandonado. Nos dias seguintes, meu ciúme só cresceu. Ela preferia comprar corda de varal para ele do que ir ao cinema comigo. Se eu sugeria jantar fora, ela logo propunha pedir uma pizza, para comermos ali mesmo, sentados sobre os tacos — dele. Quando, no fim de semana, ela recusou o convite de uns amigos para irmos à praia, alegando que precisava pendurar quadros, pensei em dar o ultimato: ou ele ou eu! Mas assim que ela me perguntou se eu tinha uma furadeira, uma lufada de alívio refrescou meu peito.

Foram mais de quarenta furos, com broca oito. Dava para pendurar estantes capazes de segurar a Britânica, a Barsa e a Mirador. Como hoje em dia, no entanto, ninguém mais tem enciclopédias, os parafusos serviram apenas para pendurar quadros — e mostrar a ele quem é que mandava por ali. Até o dia, não muito distante daquela tarde, em que ela decidiu colocar os cremes definitivamente na minha bancada e fomos felizes para sempre. O apartamento, dizem, passa bem: é habitado por uma dançarina de flamenco e tem as paredes pintadas de verde-claro.

A BARRIGA DO RONALDO

No começo, o pessoal pegava mais no pé. "Quando ele atingirá 100% de sua forma física?", perguntavam os repórteres. "Com esse peso, não vai jogar nada", desdenhava a torcida adversária. Mas eis que o Ronaldo fez gol de direita, de esquerda, de cabeça e de arrancada, ajudou o Timão a ganhar o Paulista e a Copa do Brasil, e pararam de encher o saco.

Cada vez que ele entra em campo, contudo, damos uma olhadinha para sua barriga, curiosos. Ainda estará lá? Até outro dia, eu ficava desapontado ao perceber que sim. Aos poucos, no entanto, comecei a me dar conta de que sob aquela camisa havia mais do que uma curva: havia uma parábola. (Com trocadilho, por favor.)

O mito de nossa época é o roteiro padrão de Hollywood: Fulano quer muito uma coisa inatingível. Todos dizem: "Esquece, Fulano, é inatingível!". Fulano, contudo, é um obstinado, não dá ouvidos a ninguém, só à sua voz interior. Então passa por mil provações, come o pão que o Diabo amassou e, no fim, consegue o que queria. É Rocky Balboa deixando sua Adrian sob as cobertas e indo treinar no açougue, socando carne congelada; Lance Armstrong tirando o pé da cova e botando-o de novo no pedal, para vencer o Tour de France; é JFK dizendo, em 1962, que até o final da década o homem iria à Lua, e em 1969... *Live strong, Adrian*, e nem o céu será o limite: eis o espírito do nosso tempo.

Por três vezes, Ronaldo desempenhou seu papel nesse roteiro. Primeiro, saindo do subúrbio do Rio e tornando-se o melhor do mundo. Depois, sofrendo duas contusões que diziam insuperáveis — "Esquece, Ronaldo!" — e superando-as. É o jogador que mais fez gols em mundiais, foi eleito por três vezes o melhor do mundo pela FIFA, mas não estamos satisfeitos. Queremos que o filme de Ronaldo termine num clímax fantástico: ele dá a Libertadores ao Corinthians, a Copa de 2010, o Mundial Interclubes e, aí sim, podem subir os créditos. (Imagina só os gritos do Galvão Bueno.)

Algo, contudo, resiste a se enquadrar no script: a barriga. Ela sugere que talvez Ronaldo não queira mais provar nada (ou tanto) a ninguém. Quem sabe esteja apenas a fim de jogar bola, maravilhosamente, como tem feito, marcar gols, correr para a Fiel. Nas horas vagas, passear no shopping com a mulher, sair com os amigos, sei lá.

Aquela barriga é seu calcanhar de Aquiles e, portanto, seu lastro humano. A cada gol, Ronaldo nos liberta do imperativo hollywoodiano onde só cabe a perfeição e nos mostra que, mesmo com nossos defeitos, fraquezas e vícios, podemos ser bons e felizes. Cada vez que ele entra em campo, o brasileiro pensa: "Olha eu aí!", e aprende que há outras maneiras, tão ou mais belas, de terminar os filmes, além do feérico happy end.

MARRETADAS

Então Deus, cansado dos meus pecados, resolveu punir-me: enviou uma obra ao apartamento de cima. Faz alguns dias que salto da cama, apavorado, sob a orquestra de marretadas, crente que é a célula paulistana da Al Qaeda que acaba de entrar em atividade. Deus, ao que parece, mandou trocarem o piso. Inteirinho.

Os marreteiros do Senhor não brincam em serviço. Foram treinados nos porões (ou sótãos) da ditadura — de todas as ditaduras. Derrubaram paredes em Sodoma e Gomorra, prestaram serviços a Torquemada, foram agentes duplos da CIA e da KGB. São hábeis em fazer a quebradeira da pior maneira possível: sem ritmo. Tum, tum, tum — eles batem; você espera que a próxima nota seja tum; mas vem então uma pausa e... Tuntum. Tum-tum, tum-tum — você vai se acostumando e... Tum-tá-tum!

O ser humano é capaz de suportar qualquer coisa, desde que faça sentido, e não há sentido mais antigo, impresso nas primeiras folhas do livro de nossa memória, do que o ritmo. Ritmo do coração de nossas mães, quando ainda boiávamos em líquido amniótico; ritmo que reaparece nas músicas de ninar, logo depois, insinuando que nem tudo está perdido; ritmo que buscamos nas rimas e na métrica da poesia; ritmo que adicionamos à mesma granola, toda manhã; ritmo que ouvimos por trás do boa-noite do William Bonner; ritmo que nos alegra só por aparecer sete vezes no mesmo parágrafo, pois se tudo se repete, por que a vida também não?

Onde há sentido, há salvação. Mas com os marreteiros de Javé não há salvação. Não há padrão. É o código Morse do Demônio, o caos, e se o ritmo nos assegura o sentido da vida e a repetição funciona como uma metonímia da ressurreição, a falta de ritmo semeia o desespero, a loucura, a morte.

Eu trabalho madrugada adentro, justamente por causa do silêncio. Às três da manhã, a TIM não me liga para oferecer planos, a Mastercard não me avisa que minha conta está "há 26 dias em aberto, senhor", as pamonhas de Piracicaba dormem tranquilas em alguma garagem da cidade, e eu posso pegar as palavras pelas mãos ou pelos cabelos, conforme a necessidade, e agrupá-las em diferentes caixinhas, sobre a minha mesa. Isso, até a semana passada, pois agora as marretas ressoam dentro e fora da minha cabeça, eu sou um zumbi e as palavras estão todas espalhadas pelo mundo.

É um mundo injusto. É proibido ouvir a "Cavalgada das Valquírias" ou "Sheena Is A Punk Rocker" depois das dez da noite, mas nada impede que o vizinho de cima destrua seu apartamento a marretadas a partir das nove da manhã. Não há o que fazer. Só me resta sofrer nesse brejo da cruz, enquanto o coaxar dos martelos-sapo me castiga pelos 31 anos que vivi em pecado. Perdão, Senhor!

A COIFA URUGUAIA

A situação era complexa e um tanto misteriosa: a churrasqueira da casa nova ficava numa varanda coberta e bem em cima dela passava a viga de sustentação do telhado. Ou seja, era preciso não apenas instalar uma coifa, mas uma coifa cuja chaminé fizesse a curva. Seria possível esse tipo de procedimento? Existiria jurisprudência na história dos grelhados? A fumaça aceitaria aquele desvio ou preferiria ficar toda ali embaixo, inviabilizando os churrascos e criando uma nova forma de lazer, a sauna gaúcha?

Meia hora de Google e eu já não faria feio numa roda na Expocoifas: sabia as diferenças entre as de inox e as de galvanizado, a distância segura entre a saída da fumaça e a janela mais próxima, as vantagens do tijolo refratário. Só não sabia, ainda, se chaminés faziam curvas, de modo que agendei três orçamentos, sem compromisso.

O senhor Leopoldo, da Yuri's Coifas, fez uma careta terrível assim que bateu os olhos na viga. Tomou medidas, suou, bufou e depois de quarenta minutos mostrou-me o rascunho de um trambolho com duas chaminés, que parecia a ilustração de um módulo lunar num livro do Júlio Verne. Custaria caríssimo. Era horroroso. Senti pena. Seu Leopoldo não era feliz. Estava claro que não gostava do seu trabalho, tinha ido parar no ramo das coifas por falta de opção e secava a testa com um lencinho bege.

O Pedrão, da Hipercoifas, era simpaticíssimo, do tipo que você fica com vontade de convidar para o churrasco — mas queria me enganar. Disse que o caso era irremediável, só pondo abaixo aquela churrasqueira e construindo outra, ao lado. Abriu então um folder onde pude ver a fotografia de um complexo que incluía ainda forno a lenha e de pizza; se eu quisesse, eles também construíam uma piscina e alugavam touro mecânico, para eventos.

Eu já estava pensando em desistir — talvez a sauna gaúcha não fosse tão má ideia — quando chegou em casa o Neto, da Coifolândia. Olhou a churrasqueira e sorriu: "Isso aí é caso típico pra coifa uruguaia". Tirou um folheto do bolso: em vez de trapézio, a coifa uruguaia era um triângulo retângulo, a chaminé saía pelo canto, evitando assim a viga. Neto era um erudito das coifas. Explicou-me todos os procedimentos, as possibilidades, traçou uma pequena história sobre o assunto. Imaginei-o a terceira geração de fabricantes de coifas, talvez o avô tivesse aprendido o ofício na Itália, numa ruela medieval, com o último remanescente da guilda dos coifeiros, inaugurada em 1354. Fiquei contente. O mundo é cheio de Leopoldos infelizes, de Pedrões malandros, mas também de gente como o Neto. Ele dedica a vida a fazer com que a fumaça entre por um buraco e saia por outro, e ninguém no mundo faz isso melhor do que ele. Ali estava um homem feliz.

PC

O politicamente incorreto está na moda nos meios de comunicação. (Fora deles, não, pois não pode estar na moda o que nunca caiu em desuso.) Colunistas, jornalistas e blogueiros enchem o peito e, como se fossem os paladinos da liberdade de expressão, desancam os movimentos sociais, o feminismo, maio de 68, os quilombolas, os índios e tudo mais que tiver um ar de correção política ou cheire a ideias de esquerda. Tá legal, eu aceito os argumentos, mas não levantem as vozes tanto assim: não há ousadia nenhuma em ser politicamente incorreto no Brasil; aqui, a realidade já o é.

Imagine uma escola religiosa na Dinamarca. Flores nas janelas, cheiro de lavanda no ar, vinte alunos loiros, com Cristo no coração e leite A correndo pelas veias, respondendo a uma chamada oral sobre o *Pequeno Príncipe*. Ali, o garoto que se levantar e cuspir no chão será ousado. Mostrará que, a despeito do aroma de lavanda, o ser humano é áspero, é contraditório, é violento. Quando a realidade fica muito Saint-Exupéry, é importante que surjam uns Sex Pistols para equilibrar. Agora, cuspir no chão de uma escola municipal em São Paulo, diante da professora assustada que não consegue fazer com que os alunos, analfabetos aos dez anos, fiquem quietos, não tem nenhuma valentia. Quando a realidade da pólis é o caos, o som e a fúria são a correção política.

O sarcasmo dirigido aos intelectuais de esquerda seria audaz e iconoclasta caso o Brasil tivesse vivido de 37 a 45 e de 64 a 85 sob as ditaduras de Antonio Candido e Paulo Freire. Se antropólogos de pochete e índios com camisa do Flamengo estivessem ameaçando o agronegócio, devastando lavouras de soja para plantar urucum e cabaça para fazer berimbau. Se durante o Carnaval as feministas pusessem no lugar da Globeleza drops de filosofia com Marilena Chaui e Susan Sontag. Se a guitarra elétrica fosse banida da MPB pela Banda de Pífanos de Caruaru. Do jeito que as coisas são, contudo, o neoconservadorismo faz sucesso não porque choca a burguesia, ao cuspir no solo de onde brotam seus nobres valores, mas porque assina embaixo da barbárie vigente — e ri dela.

Nos EUA, o politicamente correto está tão entranhado nas relações que eles até o chamam pelo apelido: PC. Aqui, as duas letras ainda nos remetem ao tesoureiro do Collor, o ex-presidente que caiu após escândalos de corrupção e apareceu na capa dos jornais esta semana depois de ser eleito para chefiar uma comissão no Senado.

Enquanto não substituirmos um PC pelo outro, em nosso imaginário e nas manchetes, quem quiser cuspir no chão pode continuar cuspindo, mas deixe de lado esse tom varonil de quem está pegando touro à unha, quando não faz mais do que chutar cachorro morto.

O QUE ELES FAZEM NO BANHEIRO

— Como assim, gelo no mictório?!
— Assim, ué, várias pedras, uma montanhinha, tipo um mini-iceberg.
— E por que eles colocam "tipo um mini-iceberg" no mictório? Por causa do cheiro?
— Deve ser. O frio retém as moléculas, o odor não se espalha, sei lá...
— Que nojo!
— Nojo nada. Nojentas são aquelas cordinhas da descarga, que você vai percorrendo com os olhos, procurando a parte limpa, mas tá tudo preto. Já imaginou quantas...
— Ai, para... Fala mais do gelo no mictório, que eu fiquei curiosa. Nunca imaginei uma coisa dessas.
— Lembra aquela churrascaria que a gente foi semana passada?
— Aquela cara?
— É. Pelo menos uns cinco reais do preço do rodízio eles devem gastar em gelo. Cê tinha que ver, um mictório de uns três metros de comprimento, cheinho! Parecia instalação da Bienal: *Sem título, gelo sobre inox...*
— Mas não derrete?
— Derrete, e isso que é legal! Você mira numa pedra, e ela some num instante. Ou então pode fazer um risco,

assim, daqui pra lá, de lá pra cá. Dependendo do aperto, dá até pra esculpir um Smile.

— Não acredito. Então vocês, quando vão ao banheiro...

— Pois é. Ser homem tem dessas vantagens.

— Grande vantagem...

— Vai dizer que você não tá achando legal?

— Eu tô é curiosa. Diz aí: se derrete tão rápido, como eles fazem quando vira tudo água?

— Sei lá, botam mais.

— Mas a gente nunca vê um mini-iceberg atravessar o restaurante num carrinho de mão.

— É verdade. Aliás, deve ser pra evitar isso aí que em alguns lugares os caras põem logo uma barra. No Frevinho, por exemplo...

— Tem uma barra de gelo dentro do mictório do Frevinho?! E você nunca me falou nada.

— E por que diria?

— Porque é bizarro! Escuta, e com a barra ali, não respinga?

— Você tem que ter método, né? É tudo uma questão de ângulo. Tipo sinuca. Mas quando começaram com esse negócio de gelo, não faz muito tempo, a gente já vinha treinando há anos, empurrando bolotas de naftalina, partindo bitucas de cigarro...

— Como vocês são infantis.

— Somos mesmo.

— Aposto que se sentem poderosos derretendo cubinhos de gelo assim.

— E você não se sentiria?

— Claro que não.

— Duvido. Sabia que quando o Freud escreveu que as mulheres tinham inveja do pênis, ele deu como exemplo a nossa capacidade de apagar uma fogueira à distância, enquanto a mulher teria que se colocar em cima e ia acabar queimando a bunda?

— Onde o Freud escreveu isso?

— Não lembro. Chegando em casa a gente dá um google: "Freud + inveja + pênis + fogueira".

— Vamos pedir a conta?

— Vamos. Deixa só eu ir no banheiro, antes.

— Cê já foi, aqui?

— Nunca.

Breve silêncio.

— Depois me conta?

— Pode deixar.

HA! HA! HA! HA!

Há mil razões para detestar o Carnaval, e não deveríamos acusar os dissidentes de não serem bons sujeitos, estarem mal da cabeça ou doentes do pé. O cara às vezes é mais do rock, tem agorafobia, não está disposto a compartilhar do suor alheio. Tudo certo. Como já dizia Confúcio: cada um é cada um e vai da pessoa. Só não entendo quem se recusa a participar dos folguedos argumentando ser "contra essa imposição de alegria, essa obrigação de felicidade". Quem foi que falou em felicidade?

O Carnaval é uma festa trágica. Basta prestar atenção nas letras das marchinhas. O negócio é barra pesada. É pierrô rejeitado tomando vermute com amendoim, morenas que passam despedaçando corações, canoas viradas, homens atirados na sarjeta, hasteando bandeiras brancas, o deserto do Saara atravessado a seco, a camélia falecida (suicida?) e a cueca transformada em pano de prato: desgraças épicas ou tópicas compartilhadas pelas ruas, avenidas, becos e praças.

O carnaval não é, portanto, uma fuga da realidade, mas o contrário: a percepção de que tudo o que está antes da sexta e depois da quarta é que é empulhação e engodo, que o terno e a gravata, as fibras pela manhã, a previdência privada, o clareamento dental e o "Bom dia, Dr. Esteves, parece que vai chover, não?" são firulas para escamotear a nossa condição. No fundo, sabemos que a Aurora não é sincera, que ninguém nos dará um dinheiro aí, que a morte nos espreita adiante e não nos iludamos: só na hora do aperto é dos carecas que elas gostam mais.

O Carnaval é um caótico choque de realidade. O mundo está cada vez mais chato, planejado e bem diagramado: poetas têm personal stylists, não se pede mais a um papagaio que diga currupaco sem antes falar com sua assessoria de imprensa e desde a invenção do Photoshop os pelos púbicos correm sério risco de extinção. Durante alguns dias, no entanto, Obamas, Pierrôs e Dilmas, Batmans barrigudos, bebês barbados e Bin Ladens de colar havaiano derrubam suor e cerveja sobre o pó ao qual retornaremos, e da lama que toma a cidade vem a lembrança de que a vida é dura, é curta, e nessa breve passagem ainda perderemos preciosos minutos negociando com o ambulante que se aproveita da situação para vender a Skol a cinco reais...

Diante dessas constatações, ou a gente chora e vai ler Schopenhauer, ou mete um cocar na cabeça e vai pra rua cantar: "Pode me faltar tudo na vida/ Arroz, feijão e pão/ Pode me faltar manteiga/ E tudo mais não faz falta não/ Pode me faltar o amor — Ha! Ha! Ha! Ha!/ Isso eu até acho graça/ Só não quero que me falte/ A danada da cachaça". Não são os versos mais otimistas que já foram escritos, eu concordo: mas quem foi que falou em felicidade?

A BANALIDADE DO BEM

Seu Pedro era um português rabugento, que tratava todos os moradores como se fossem usurpadores de seu castelo: o Edifício São Jorge, do qual era proprietário, síndico e zelador. "Pode ficar tranquilo, Seu Pedro, que eu vou cuidar muito bem do apartamento", disse meu amigo Paulo, assim que recebeu as chaves. "Não faz mais do que a obrigação e não lhe agradeço por isso", respondeu o velho, com o sotaque que trouxe do Alentejo na primeira metade do século XX, junto a uma trouxa de roupas, uma guitarra portuguesa e a fé no santo que viria dar nome ao prédio, anos mais tarde.

Foi em 1973, com o dinheiro ganho em três padarias, que o próspero imigrante construiu seu refúgio na rua Apinajés. Deu um apartamento para cada um dos sete filhos e foi morar no térreo, com sua senhora. Com o tempo, as padarias fecharam ou foram vendidas, os filhos se casaram e mudaram, e Seu Pedro passou a viver de aluguéis, cuidando da esposa doente e reclamando da decadência do mundo.

As lendas sobre a mesquinharia do síndico corriam pelo prédio, sem se intimidarem com as grades ao pé da escada, as câmeras de vigilância ou a estátua de São Jorge, cuja lança em riste parecia lembrar aos moradores qual o espírito vigente no condomínio. A Dona Marli do 23, por exemplo, contava do ex-vizinho que havia sido intimado a comparecer ao tribunal de pequenas causas por devolver o apartamento sem trocar uma lâmpada de 60 watts, queimada, na área de serviço. O Robson do 42 tinha certeza de que fora Seu Pedro quem envenenara sua samambaia, com um cálice de aguarrás, por causa das folhas que sujavam o hall. Nem os portões do castelo seguravam o Macbeth da Pompeia, que mais de uma vez saiu na calada da noite para esvaziar pneus dos carros que avançavam centímetros sobre a guia rebaixada da garagem. E adivinha quem chamou a polícia quando desconfiou que aquele odor vindo do apartamento dos estudantes da PUC não era de incenso?

Mas veja só como é o ser humano: um dia meu amigo estava saindo para trabalhar e ouviu uma música belíssima na garagem, foi indo atrás do som do violão, esgueirando-se por entre os carros, até que deu com Seu Pedro atrás da coluna, sentado num engradado de cerveja, curvado sobre um toca-fitas CCE. "Que música mais bonita, Seu Pedro; quê que é isso?" O velho levantou o rosto para responder, mas engasgou e tossiu. Meteu então a mão na boca, tirou a dentadura e disse: "É uma serenata de Schumann. Sou eu a tocar em minha guitarra portuguesa". Por um momento, meu amigo pensou que ele chorava, mas não deu tempo de descobrir, pois Seu Pedro logo enfiou os dentes de volta, refez a carranca e disse alguma coisa sobre as faixas pintadas no chão da garagem.

EU, ME, MIM, COMIGO

Você abre o portão do prédio no momento em que o elevador chega ao térreo, diante do vizinho. Vocês estão a cinco metros um do outro e, pelo jeito que ele não te olha, já se pode prever o desenrolar dos acontecimentos. Você entra e fecha o portão, ficando por três segundos de costas para o condômino. É o momento pelo qual ele esperava. Quando você vira e vai dar o primeiro passo em direção ao hall, cadê o vizinho? Já deve estar em algum lugar entre o primeiro e o segundo andar, a ligeira culpa se evanescendo, enquanto goza o butim de seu furto: dois metros quadrados inteirinhos só pra ele.

Você e o vizinho mal se conhecem. Talvez não tenham nada em comum. Quem sabe é ele, inclusive, quem grita pela janela "Chuuupa, gambá!", toda vez que você berra "Vai, Curíntchia!", durante os jogos de futebol. Mas compartilham o mesmo CEP, uma vista semelhante da cidade, calhou de terem nascido no mesmo século e, pombas, não basta saberem que ambos têm apenas duas mãos e o sentimento do mundo, como disse o poeta, para que ele espere os sete segundos que os separam?

Ele sabe que está errado. Tanto é que, para o bom funcionamento dessa indelicadeza, é imprescindível que não haja contato visual entre as partes. Talvez nos Estados Unidos, onde os conflitos são mais explícitos, as pessoas se assumam como *"elevator stealers"* — eles por lá têm termos para tudo — e deve até haver algum republicano que afirme que esperar vizinhos cruzarem o hall desacelera a economia. Mas por aqui, embora não seja delito reconhecido por nosso código penal nem conste como infração nas normas do condomínio, não é o tipo da prática que assumiríamos, caso uma mocinha de prancheta nos parasse na Paulista fazendo uma enquete.

O leitor pode argumentar que isso é coisa pequena num momento tão tenebroso da história da humanidade. (E que momento não é?) Para que gastar papel e tinta com tais miudezas se há escolas sendo bombardeadas do outro lado do Atlântico e, do lado de cá, as coisas também não vão muito bem? Não sabe o leitor que todas as mazelas têm a mesma origem? Que nascem pequenininhas, depois crescem, como os piolhos, os ditadores e as árvores de Natal feitas de andaime? Quando o vizinho abre a porta do elevador para furtá-lo — ou, ao menos, furtar-se de nossa companhia —, abre uma caixa de Pandora de fórmica, espelho e carpete, deixando escapar lêndeas de mesquinharia.

Se Dante escrevesse hoje sua *Divina Comédia*, reservaria uma ala do Inferno só para vizinhos que fogem com o elevador. Não sei se ficariam no primeiro andar, junto aos avaros, ou no terceiro, com os hipócritas e ladrões, mas que arderiam eternamente nas chamas, arderiam. Afinal, não são eles que bombardeiam escolas, mas sem dúvida preparam o terreno.

A GAVETA

O ano vai chegando ao fim, e decido arrumar a gaveta. Há várias gavetas em minha casa, evidentemente, mas me refiro a uma em especial, onde há um tempo eu guardo os documentos, recibos, comprovantes de carta registrada, esses papéis fugidios que, como toda pessoa desorganizada, temo precisar um dia e não encontrar: "a geladeira pegou fogo no dia que instalaram, mas pergunta se ele tinha recibo?". "Fraudaram um cheque de treze reais e agora tá devendo cento e trinta mil ao banco. Tivesse guardado os canhotos..." "Lembra do Antonio? A Receita apareceu com o Exército, perguntando pela página dois da declaração de 1998. Não achou. Parece que tá lá em Guantánamo, aguardando julgamento." Quando surgem esses pensamentos, lembro-me que em meio à barafunda que é minha casa, ao caos cartorial e burocrático que é minha vida, há esse cercadinho de juízo e precaução, zelando por meu sono: a gaveta.

Acontece que com os anos os papéis foram se acumulando e a gaveta tornou-se, ela também, um inferninho. Quase não fecha de tão abarrotada, na última eleição levei meia hora para achar o título de eleitor e começo a temer que, se os homens de preto interfonarem, não encontrarei a página dois da declaração de 1998 antes que subam as escadas e derrubem a porta. O ano termina e, num ato de fé e otimismo, digno do mês de dezembro, decido arrumá-la.

De início não encontro dificuldades: contratos aqui, recibos ali, essas pragas azuis e amarelas do Redeshop vão pro lixo... Vou fazendo pilhas temáticas, imagino pastas coloridas e etiquetadas, no ano que vai nascer cada coisa terá seu lugar, tudo será facilmente localizável, a vida parece simples, penso até em começar uma natação.

Aos poucos, no entanto, surgem os problemas — se os armários escondem esqueletos, caro leitor, as gavetas também guardam seus ossinhos: esse cartão-postal, eu respondi? Tenho que mandar a cópia do PIS para o SESC me pagar aquela palestra. O IPVA... Céus, não paguei o IPVA! A pilha das pendências vai crescendo, crescendo, então desaba sobre mim. Pastas não darão conta do recado: não é a gaveta que precisa ser organizada, é a vida. Preciso ganhar mais dinheiro. Preciso acabar meu romance. Ver mais os amigos e pagar a conta de luz. Preciso estabelecer prioridades, metas. E cumpri-las, claro. Preciso de uma secretária. Não, não: de uma analista. Perder uns quilos não seria má ideia. E se eu fizesse abdominais? Preciso ler Proust. Do alto da pirâmide de papel, trinta e um anos me contemplam: afinal, Antonio, o que você quer da vida?

Desisto. Não adianta. A gente faz o que pode. É tarde. Sou isso aí, o conteúdo da gaveta e o que está fora dela. Paciência. Guardo tudo de volta. O novo ano que venha. Semana que vem compro um baú. E fim de papo.

TEM VISTO O PESSOAL?

Reconheci assim que bati o olho: Felipe Francini, 4ª B, usava aparelho com cabresto, tinha cabelo tigela e quebrou os óculos do Júlio Cabeção no último dia de aula. Descontando a ausência do cabresto e a mudança do cabelo, agora curto, o Felipe que eu via ali, na ponta do balcão, não era muito diferente daquele de vinte anos atrás.

Meu primeiro impulso foi levantar a mão, chamá-lo, quem sabe ir até lá, mas algo me segurou. Ir por quê? "Felipe Francini!", eu diria, empolgado, "4ª B! Usava aparelho com cabresto, tinha cabelo tigela e quebrou os óculos do Júlio Cabeção no último dia de aula!" E daí? Caso se lembrasse de mim, ele responderia algo na mesma linha: "Antonio Prata! 4ª A, era goleiro e usava umas calças de moletom com couro no joelho!". Então ficaríamos nos olhando, contentes, mas enquanto os sorrisos fossem minguando nos daríamos conta de que não havia mais nada a ser dito. Eu não sou mais goleiro, ele não usa mais aparelho e não há nenhuma relação entre nós, tirando o fato de que nos cruzamos por alguns anos pelos corredores e quadras de um colégio e agora no balcão de um bar.

O silêncio advindo dessa melancólica constatação seria preenchido com "Tem visto o pessoal?". O outro saberia que a frase era uma fraude, um tampão colocado às pressas para que a conversa não escorresse pelo ralo. "Uns mais, outros menos..." "E o Júlio Cabeção?", eu talvez perguntasse, fazendo a indução absurda de que, se ele quebrou os óculos do cara em 1987, provavelmente saberia de sua vida duas décadas depois. Caso soubesse, no entanto, teríamos um rumo: "Parece que ganhou muito dinheiro e agora abriu uma pousada em Jericoacoara", ele responderia, aliviado. "Jericoacoara", eu repetiria, com vergonha de emendar com um óbvio "dizem que é lindo". "Jericoacoara", uma vez mais, e então, não me ocorrendo nada mais inteligente: "Dizem que é lindo".

Eu diria que sou escritor, ele comentaria que leu alguma coisa minha, alguma vez, em algum lugar, mas não saberia dizer o quê, nem onde, nem quando. Me contaria que virou consultor de recursos humanos, com algum esforço eu acharia alguém que trabalhou na empresa em que ele trabalha, "o Augusto, um loiro". "Gordo?! Não acredito!" Haveria um segundo momento de empolgação, como se o fato de ambos terem estudado juntos, se encontrado no bar e conhecerem o Augusto, um loiro, gordo, fossem indícios que confirmassem alguma ordem oculta por trás das coisas. Ele me convidaria para sentar, eu diria que estava esperando uma pessoa e voltaria ao meu lugar. Talvez nos encontremos em 2037, em Araçatuba, e conversemos sobre esse encontro, no bar, ou morramos sem nunca mais cruzarmos nossos caminhos, o que pode soar mui filosófico, mas é apenas a mais prosaica das constatações. Que coisa, né?

SORVETE DE CHEESECAKE

Diz a lenda que Joe Kennedy, pai do presidente, pressentiu o crash de 29 ao receber dicas de investimento do garoto que lustrava seus sapatos. Se até o engraxate estava especulando — especulou o especulador — era porque a especulação já tinha ido muito mais longe do que qualquer especulador poderia ter especulado.

Eu, modéstia à parte, também farejei que algo ia mal na economia alguns meses atrás, ao entrar numa grande videolocadora e dar de cara com um jogo de panelas (linha Firenze, revestimento de teflon), seis pares de meias brancas (*made in China*, dez reais) e uma seção inteira dedicada às lingeries. Quando você acha calcinhas onde buscava Hitchcock, só pode concluir que o mercado está completamente desregulado, não?

Na verdade, eu suspeitava que as coisas andavam confusas desde uma remota tarde no século XX em que a banca do seu Arlindo passou a vender água de coco. Em pouco tempo o jornaleiro comprou um freezer vertical e começou a oferecer também cervejas, refrigerantes e bebidas isotônicas, onde antes havia apenas jornais e revistas, abalando assim um dos pilares de meu pensamento infantil — a crença de que uma coisa era uma coisa, outra coisa era outra coisa.

Preocupado com a quebra de meus paradigmas, comecei a buscar alguma explicação no papo dos adultos. Falavam sobre a globalização, o fim das fronteiras e a abertura dos mercados. Era isso: seu Arlindo estava abrindo um mercado. E não só ele, percebi, ao reparar no que acontecia com os postos de gasolina: ali, naquela casinha onde antes funcionava uma borracharia, com uma banheira de água imunda e um pôster da Maria Zilda arrancado de uma Playboy de 85, passaram a vender lasanhas congeladas, papel higiênico, canetas hidrocor e outros itens de primeira, segunda ou terceira necessidade.

O que era o tal fim das fronteiras só entendi nos anos 90, não com o desmantelo da Iugoslávia, mas ao me deparar com um saco de batatas fritas sabor churrasco. Depois vieram o sorvete de cheesecake, o chocolate de cookies e a pizza de cachorro-quente (e ainda creem que o mercado se regula?!), mas nem me abalei: já estava claro que uma coisa poderia ser outra coisa e, como vimos nos últimos meses, com a crise financeira global, era possível todas as coisas se transformarem em coisa nenhuma.

Quando entrei na locadora, portanto, e me deparei com panelas, meias e calcinhas, entendi que aquele era o apogeu do movimento iniciado lá atrás com os cocos do seu Arlindo e que logo viria a debacle. O pai do Kennedy, em 29, vendeu as ações e comprou terras e imóveis. Eu, dentro de minhas limitações, apenas aluguei um filme e levei um daqueles pacotes com seis meias, pela incrível bagatela de dez reais. Meias brancas, médias e lisas, como convém. Afinal, em momentos de incerteza, temos que nos refugiar na tradição.

ZONA DO AGRIÃO

Parado, com a colher suspensa sobre a bancada de aço inox, o sujeito atravancava minha passagem. Ia enfiá-la no pote de ervilhas, arremeteu, pousou-a na bandeja de beterrabas, levantou uma rodela, soltou-a, duas gotas vermelhas respingaram no talo de uma couve-flor.

Fosse mais para trás, lá pela travessa do agrião, eu poderia ultrapassá-lo e chegar aos molhos a tempo de pôr azeite e vinagre antes que ele se aproximasse, mas da beterraba aos temperos é um passo, e então seria eu a atrapalhar sua cadência. (Segundo a etiqueta não escrita dos restaurantes por quilo, a ultrapassagem só é permitida se não for reduzir a velocidade do ultrapassado — o que seria equivalente a furar a fila.)

Tudo é movimento, dizia Heráclito; o mundo gira, a Lusitana roda, anunciava a televisão: só eu não me mexia, preso diante da cumbuca de grãos de bico com atum. Fiquei irritado. Aquele homem hesitante estava travando o fluxo de minha vida, dali para a frente todos os eventos estariam quinze segundos atrasados: da entrega desta crônica ao meu último suspiro.

Limpei a garganta, o sujeito olhou para mim e foi então que o inusitado se deu: ele sorriu. Meu mau humor foi expulso pela vergonha. Ali estava eu, buzinando mentalmente, ultrajado pela subtração de um punhado de segundos.

Qual a pressa? Só mandaria a crônica no dia seguinte; o último suspiro, quanto mais distante, melhor; este foi um ano bom — construí uma churrasqueira, terminei um livro, passeei por aí com meu amor —, já estamos quase em novembro, logo começam a ligar os amigos para nos encontrarmos antes que o ano acabe, ou que o mundo acabe, dependendo do que acontecer com a economia — e mesmo que venha a hecatombe, não seria mais uma razão para trabalharmos em paz na composição de nossa salada? Lá fora havia chefes e planilhas Excel, carretas tombadas e a possibilidade de pancadas isoladas à tardinha; talvez haja recessão no próximo semestre e há uma chance em 50 milhões de que a Terra seja engolida por um buraco negro quando ligarem o acelerador de partículas na Europa, mas ali estávamos nós, dois homens em horário de almoço, decidindo entre dezenas de possibilidades de agraciar nossas papilas gustativas nos próximos minutos. No fim das contas, a vida é isso aí: escolher entre ervilhas e beterrabas antes que chegue o último suspiro e sejamos nós o alimento de outras criaturas. Qual a pressa?

O sujeito serviu-se de três rodelas de beterraba e passou-me a colher. Eu sorri, ele sorriu de volta. Pensei em lhe desejar feliz Natal, mas era cedo; em dizer "bom apetite", mas era tarde: a mulher atrás de mim limpou a garganta, dando a entender que se eu não fosse me servir de nada era melhor sair da frente, em vez de ficar ali, com a colher suspensa sobre a bancada de aço inox, a contemplar os legumes e atravancar sua passagem.

O LEITO NO PLEITO

Dizem que num dos pergaminhos do Mar Morto, escrito em aramaico no século II a.C. e só recentemente decifrado, encontraram um versículo perdido do *Gênesis*. Depois de expulsar Adão e Eva do paraíso e condená-los aos castigos já conhecidos, Deus teria acrescentado: "E mais! Ireis para a cama dispostos, mas acordareis um caco" — numa tradução livre.

Não sei quanto a Adão, Eva e você, leitor, mas em mim a pena ainda vigora, forte como nos tempos pré-diluvianos. Um minuto antes de me deitar, tenho ganas de ler toda a obra de Machado, pegar a Sessão Corujão do comecinho, arrumar a gaveta onde cartas da primeira namorada misturam-se às últimas declarações do imposto de renda. Já ao abrir os olhos pela manhã, tudo o que eu queria era poder dormir de novo, para sempre. Depois de atravessar esse lusco-fusco existencial em que a vida, pendurada nas pálpebras, faz todos os projetos parecerem impossíveis, ganhar o pão com o suor do próprio rosto é fichinha.

Assombra-me que o direito ao sono não tenha surgido na pauta de nenhuma vanguarda do século XX. Liberaram o sexo, acusaram a família, o Estado, a Igreja; queimaram fumo, a bandeira americana, sutiãs: por que raios não foram às praças pisotear despertadores? Por que os mesmos que conseguiram fazer "samba e amor até mais tarde" não tiveram coragem de dormir mais um pouquinho, evitando "muito sono de manhã"? (*Alarme*: do italiano, *às armas!* Pode haver etimologia mais nefasta para trazer-nos dos sonhos à labuta?)

O honrado leitor, que acorda com os galos ou as primeiras buzinas, talvez ache o assunto por demais comezinho para uma passeata. Não deve ter compreendido, ainda, as repercussões políticas da autogestão do sono. Se cada um acordasse quando quisesse, as pessoas sairiam de casa aos poucos, não haveria rush, o transporte público daria conta do recado, as emissões de carbono despencariam, a Islândia pararia de derreter, a Björk estaria salva, assim como os ursos polares, Ilhabela, o futevôlei, Veneza, os pinguins e Ubatuba, sem contar que teríamos tempo para ler, ver tevê, arrumar a gaveta, fazer samba e amor até mais tarde e não ter muito sono de manhã.

Embora o tema seja urgente, não o vi ser discutido em nenhum debate pelos candidatos que hoje disputam nosso voto. Sequer um nanico ou aspirante a vereador, desses que encampam as bandeiras mais disparatadas, levantou a voz (baixou talvez seja o termo correto) para defender o sono de 10 milhões de habitantes.

Podem alegar que, dada a grandeza do problema, não caiba ao município resolvê-lo, mas ao governo federal ou talvez à ONU. De acordo, mas em algum lugar a revolução tem que começar. Ou nos levantamos imediatamente pela autogestão de nosso sono, ou daqui a pouco, com o degelo das calotas, a água estará batendo em nossas olheiras. Ou vice-versa. Às armas!

ÓTIMA VIAGEM

"Já reparou que pneu não fura mais?", disse minha irmã. "Comigo nunca furou. Com você, já?" Pensando bem... Também não. Aliás, nem sei onde fica o macaco do meu próprio carro.

Antigamente não era assim. Pneu era um troço que furava. Sempre. A pequena epopeia começava com uma sutil mudança na expressão do pai, ao volante, a caminho da praia. "Tá tudo bem, amor?", perguntava a mãe. O pai, solene, dizia: "Não sei, acho que tem um pneu furado". Uma microtensão tomava conta de todos, como se houvesse sido acionado o "alerta laranja" familiar.

A mãe logo sugeria parar no acostamento, coisa que o pai jamais faria, pois segundo o *Manual prático do homem ao volante*, ele deveria dar início a uma série de procedimentos — mais rituais do que práticos, na verdade —, para "sentir" o carro. Pegava de leve na direção, para ver se "puxava" para algum lado. Depois experimentava um sutil zigue-zague, com uma cara de minuciosa perícia. Um meneio de cabeça e sabíamos que tínhamos chegado ao clímax do primeiro ato: quase com os olhos fechados, como um conhecedor de vinhos prestes a dizer a origem e a safra que acabou de provar, dizia: "Acho que é o de trás. Esquerdo". Aí, sim, podíamos parar no acostamento.

Caso não se encontrasse nenhum problema no pneu, a família respirava aliviada, enquanto o pai sentia-se envergonhado. Se, no entanto, o pneu estivesse mesmo furado, o pai o trocava, entre resmungos e olhares cheios de admiração (dos filhos) e receio (da esposa). Parava-se então num borracheiro e dava-se início ao segundo ato.

Dois homens de mãos sujas irmanam-se imediatamente. (A sujeira evoca alguma lembrança ancestral, do tempo das cavernas ou das cruzadas.) Tratavam o pneu como uma caça abatida. O borracheiro arrancava a câmara como se entranha fosse, e lá iam eles, em solene silêncio, em direção a uma banheira imunda. Metiam a câmara dentro e, finalmente, o *gran finale*: o borracheiro apontava as bolhas. "Aqui, ó." "Tô vendo." "Prego?" "Parece."

Daí pra frente, todo mundo relaxava. A mãe ia comprar Fanta Uva pros filhos, os homens puxavam assunto sobre futebol, as crianças riam da mulher pelada na parede. Depois seguiam para a praia, onde chegando, quem sabe, o pai comentasse desinteressadamente com o cunhado: "Nada não. Furou um pneu perto de Taubaté, mas o estepe estava calibrado... Fizemos uma ótima viagem".

TUBO DE VENTILAÇÃO

Num mundo ideal, as janelas dariam sempre para árvores frondosas, crepúsculos de calendário ou vizinhas distraídas. Neste vale de lágrimas, no entanto, tenho que aceitar como vista do meu banheiro um vão de concreto onde a luz do sol jamais penetrou. Segundo o Jurandir, zelador zeloso e profundo conhecedor das questões condominiais, o nome técnico da antipaisagem é "tubo de ventilação".

Se a tal garganta que perpassa treze andares não brinda os moradores do Edifício Maria Eulália com visões do paraíso, ao menos distribui, para deleite do cronista, a trilha sonora de algumas vidas empilhadas acima e abaixo do meu banheiro.

Tem o garoto que ouve música sertaneja e canta junto. Tem a moça que passa a vida ao telefone, repetindo sempre a mesma conversa: "E ele? Não! E você? Sei. E ele? Não! E você? Sei". Tem um senhor que tosse toda manhã, com uma força capaz de enviar seus perdigotos à Dinamarca, caso para lá sua janela estivesse virada — e não, como já foi dito, para o "tubo de ventilação". Tem os namorados adolescentes que tomam banho juntos, descobrindo as artimanhas e agruras do asseio a dois: "Deixa eu, tá frio!". "Calma, tem xampu no meu olho!" "Lindoco, posso lavar?!" "O quê?"

"Ele..." "Ele não, Gatucha! Tenho vergonha..." "Ah, deixa, vai?!" Tem alguém que passa as madrugadas no messenger. Triste... A noite toda aquele brrrrlump, brrrrlump — um sapo eletrônico, a coaxar pelo prédio nossas solidões compartilhadas.

Semana passada, chegou pelo tubo uma coisa diferente. Não era som, era um cheiro. Cheiro de.... De quê, meu Deus?! Senti meu cérebro formigando, como se as memórias lá do fundo borbulhassem, confusas, querendo saber qual deveria emergir. Seria o desodorante da enfermeira que primeiro me pegou no colo? O xampu da minha mãe, na infância? O perfume de uma namoradinha da quinta série, que estava submerso há anos em algum rincão, ao lado do gosto do Halls de cereja e da música tema de *Top Gun*?

Fiquei ali parado, no box do chuveiro, de olhos fechados, com a sensação de estar próximo de uma coisa muito íntima, mas que ia se esvaindo, enquanto o cheiro sumia e se acalmava o alvoroço nas galés da memória. Até que alguém deu a descarga, outro ligou o rádio e fui pegar uma Coca na cozinha.

A CASA DO CARA

A casa do cara era uma palmeira, no meio da calçada, ali no Pacaembu. Começou com um plástico amarrado ao tronco, mais nada. Bauhaus total, diria Caetano Veloso, se por ali passasse, em 1974 — mas Caetano não passava. Passávamos nós, motoristas do século XXI, e recebíamos um olhar de reprovação, caso reparássemos muito. Tá certo: onde já se viu ficar assim, espiando a intimidade dos outros?

Um tempo depois, o cara colocou umas estacas do lado de lá e a coisa foi virando uma tendinha, como as que eu fazia quando era criança — mas ele não era criança. Ficava lendo um jornal, com uma naturalidade que era bater o olho e pensar: é a casa do cara.

Não era mendigo. Era bem-vestido, limpo. Uma vez, um taxista me disse que na verdade o cara era rico e morava em Higienópolis, mas como era desses taxistas que acham que todo mendigo é rico e tá ali só para encher nosso saco, não acreditei.

Algumas semanas depois, a Bauhaus tinha tomado ares de Família Robinson. A casa era um caixote de uns dois metros de comprimento por um de largura, bem vedadinha. Até parecia um desses hotéis-casulo de japonês — mas ele não era japonês.

Eu gostava de ver as melhorias. "Olha lá, ele fechou um lado com madeira." "Plástico preto em cima, bom, deve proteger do sol." O pé direito era baixo, é verdade, mas, do jeito que estão esses apartamentos novos, o cara não estava muito pior do que nós, não.

Um dia, parei no farol, fui dar minha bisolhada e... cadê? Levaram a casa do cara, e o cara junto! "Tem abrigo pra sem teto", dizem, "eles não vão porque não querem." Tá certo. Ele não devia mesmo querer. Tinha uma casa, pombas, por que iria dormir com um monte de desconhecidos, enrolado naqueles cobertores de proteger cristaleira em mudança, que parecem feitos da sujeira acumulada embaixo da cama?

Uma semana depois, na mesma praça, no mesmo jardim, lá estava ele, sob o plastiquinho, lendo sobre sinfonias, palestinos e MPs, de cabeça erguida, como quem diz: "*No pasarán!*". Eu passava.

Derrubaram a casa do cara umas dez vezes, dez vezes ele reconstruiu, biblicamente. Até que, meses atrás, sumiu de vez. Talvez esteja num abrigo, embrulhado no cobertor de poeira. Quem sabe em Higienópolis, lendo o *Wall Street Journal* com os outros mendigos de nossa grande cidade. Sei lá. Só sei que toda vez que passo ali, vejo a sombra da palmeira na calçada e penso: aí era a casa do cara.

A ÁRVORE

Namoravam há pouco tempo. Planejavam morar juntos uma hora dessas e já arriscavam até, vez por outra, imaginar como seria quando tivessem o primeiro filho. Era Natal e estavam num restaurante, quando começou a discussão. "Nosso filho não vai ver a árvore", ele disse, resoluto, e não foi com menor convicção que ela respondeu: "Ah, mas vai, sim!". Silêncio. Ele deu um gole no chope, respirou fundo e tentou convencê-la racionalmente. "Olha, em primeiro lugar, aquilo não é uma árvore. É um cone de ferro com luzes coloridas." Ela pousou a caipirinha de frutas vermelhas na mesa e sorriu. "Ah, e o Cristo Redentor é o quê, hein?! Uma armação de ferro com cimento por cima! Você também vai proibir nosso filho de ver o Cristo, se formos pro Rio?" "O Cristo tem outro simbolismo." "Tem nada! A árvore simboliza a mesma coisa, o nascimento do filho de Deus, o que, aliás, não faz a menor diferença pra você, que é ateu." "O Cristo faz parte da cidade." "A árvore também." "O Cristo não é patrocinado por um banco!" "Ah, o problema é o banco?! Então, por causa de uma babaquice ideológica, você vai querer que o nosso filho seja o único da classe que não viu a árvore?" Chantagem barata, ele pensou. "Segunda-feira, todo mundo na classe comentando e só ele sem saber do que se trata, porque o pai é hippie?!" Chantagem baratíssima, mas eficiente. Não, isso ele não queria. Mas será que não tinha outra saída? Ou entregava o filho ao horror natalino-financeiro, ou o condenava ao ostracismo social? Seria essa uma pequena epifania da inescapável arapuca de nossa época? "A árvore é horrorosa!", ele disse, já desistindo de argumentar e levando a mão ao rosto. "E a Turma da Mônica, não é?!" "O quê?!" "Isso mesmo. Você, que é de esquerda, deve adorar o Cascão, o Chico Bento e aqueles cabeçudos sem dedos!" "Não acredito! Você é contra a Turma da Mônica?!" "Não!", ela disse, meio alto, o pessoal da mesa ao lado até olhou. "Nenhum problema! Só tô falando que o Cebolinha é horroroso, a árvore luminosa é horrorosa, mas as crianças gostam!" "As crianças gostam da Xuxa! De minipôneis pintados de rosa-shocking em feiras no Anhembi! Se deixar as crianças fazerem o que quiserem, elas comem açúcar do pote e meleca do nariz. A gente tem que educar as crianças!" "Stalinismo! Dirigismo cultural!" "Neoliberal! Entreguista!" Ele virou o que restava do chope. Ela sugou o último gole de caipirinha. Pediram a conta e foram embora, tristes. Estavam saindo havia apenas três meses, parecia que ia dar certo, até trombarem com a árvore de 65 metros de altura, 240 toneladas, 28 metros de diâmetro e 700 mil lampadinhas.

CONVENIÊNCIA

Olhai, oh Senhor, os moços e moças nos postos de gasolina. Apiedai-Vos dessas pobres criaturas, a desperdiçar as mais belas noites de suas juventudes sentadas no chão, tomando Smirnoff Ice, entre bombas de combustível e pães de queijo adormecidos. Ajudai-os, meu Pai: eles não sabem o que fazem.

São Paulo não tem praças, eu sei. As ruas são violentas, é verdade. Mas nem tudo está perdido. Mostrai a esses cordeiros desgarrados a graça dos amassos atrás do trepa-trepa, o esconderijo ofegante na casa das máquinas do elevador, as infinitas possibilidades da locadora da esquina, a alegria simplória da Sessão Corujão.

Encaminhai-os para um boliche, que seja, mas afastai suas bochechas rosadas dos vapores corrosivos dos metanóis. Pois nem toda a melancolia de um playground, nem todo o tédio de um salão de festas ou, vá lá, a pindaíba do espaço público simbolizada pelo churrasco na laje justifica a eleição de um posto de gasolina como ponto de encontro. Tudo, menos essa oficina dentária de automóveis, taba de plástico e alumínio, neon e graxa, túmulo do samba e impossível novo quilombo de Zumbi. Que futuro pode ter um amor que brota sob a placa "troca de óleo, ducha grátis acima de 100 reais"?

Dai a essa apascentada juventude o germe da revolta. Incitai-os a atirar pedras ou pintar muros, a tomar porres de Cynar com Fanta Uva, tal qual formicida, por amores impossíveis, ajudai-os a ouvir músicas horríveis, usar roupas rasgadas, a maldizer pai e mãe, a formar bandas punk ou fazer serenatas de amor. Eles têm todo o direito de errar, de perder-se, de ser ridículos. Só não podem, meu Pai, com as camisas para dentro das calças, pomada no cabelo e barbas bem feitinhas, amarelar a lira de seus vinte anos sob o totem luminoso das petroquímicas.

Salvai-me do preconceito e da tentação, oh Pai, de dizer que no meu tempo tudo era lindo, maravilhoso. Passei muitas horas molhando a bunda num rinque de patinação no gelo, ou vagando a esmo por shopping centers, aguardando a luz no fim do túnel de minha adolescência. Talvez fosse a mesma coisa. Talvez exista alguma poesia em passar noite após noite sentado na soleira de uma loja de conveniência, em desfilar com a chave do banheiro e sua tabuinha, em gastar a mesada em chicletes e palha italiana. Explicai-me o mistério, numa visão, ou arrancai-os dali. É só o que Vos peço, humildemente, no ano que acaba de nascer. Obrigado, Senhor.

SELETA COLETIVA

Eu nunca vi a vizinha. Desde que se mudou para o apartamento ao lado, faz alguns meses, minha imaginação alimenta-se apenas do que ela deposita ao pé do lixo comum, na curva da escada.

Na noite em que se mudou, houve uma festa. Ou open house, como dizem agora. Não de arromba, com "YMCA" acordando os palmeirenses e professores universitários de Perdizes, no meio da madrugada. Somente música suave, risos e vozes cruzavam a parede da sala — altas o suficiente para aguçar a minha curiosidade, baixas demais para satisfazê-la.

No dia seguinte, topei com dez garrafas de Veuve Clicquot ao lado do lixo. Minha vizinha é fina, pensei, sem evitar que uma medíocre ponta de orgulho cutucasse minha alma barnabé: o condomínio está progredindo.

Algumas semanas depois, uma sexta-feira, cheguei tarde em casa: ouvi o burburinho. Confesso, envergonhado: mal fechei a porta, colei a cara na parede, na esperança de captar alguma pista sobre a moradora ao lado. Prédio antigo, paredes grossas — dessas que não fazem a alegria de empreiteiras mesquinhas ou viúvas alcoviteiras —, ouvi apenas ruído. Tudo bem, pensei: no dia seguinte, na curva da escada... Quatro garrafas de bom vinho argentino, dentro de uma sacola da importadora Mistral, três caixas de pizza, um saquinho com cascas de lichia.

Aí a coisa azedou. Enquanto, do lado de cá da parede, malbecs e lichias eram o teto da sofisticação, coisa para jantar romântico em começo de namoro, trinta centímetros de tinta, massa corrida e tijolos para lá não passavam de acompanhamento para a pizza de sexta. O ressentimento cravou sua tachinha na bunda de minha condição AB. Vieram-me à cabeça — talvez para dar à inveja o verniz que faltava a meus hábitos de consumo — uns versos de Drummond: "não sei se estou sofrendo/ ou é alguém que se diverte [...]" — mais do que eu, pelo menos — "na noite escassa".

Nunca vi a vizinha. Ignoro se é alta, ruiva, presidente do Lions Club ou aborígene australiana, mas ultimamente percorro apressado os três metros que me separam do lixo bege. Não quero que ela, vendo através da sacola verde do Pastorinho umas latas de Skol amassadas, cascas de mexerica e potes de Yakult, pense que não sou digno de sua vizinhança. Ou, mais grave: se ache melhor do que eu. Afinal, nada, vindo de um vizinho, pode ser pior do que isso — nem mesmo "YMCA", no meio da madrugada.

DOIS E DOIS

Ficar maduro talvez signifique deixar de lado as coisas para as quais a gente não leva jeito e dedicar-se àquelas em que há realmente alguma possibilidade de sucesso. Foi seguindo essa toada que desisti de ser astronauta aos oito, percebi que o futuro não estava no futebol lá pelos doze e perdi as baquetas e a ambição de ser baterista em alguma festa no meio do terceiro colegial.

Ficar mais maduro talvez signifique retomar essas atividades quando chegamos perto dos trinta, e nos damos conta de que há muito mais coisas entre o céu e a terra do que "possibilidade de sucesso". Foi seguindo essa toada que, na última quarta, com as pernas bambas de alegria e um sorriso juvenil no rosto, contei um, dois, três, quatro e, cercado de outros seis ex-futuros músicos, deixei todas as frustrações explodirem nos pratos, nos três primeiros acordes de "Don't Let Me Down", dos Beatles.

A banda havia surgido uma semana antes, numa mesa de bar: uma dessas ideias que nos ocorrem depois da uma da manhã, quando o superego já está cantando "Mamãe, eu quero", vestido de Pierrô, lá pros lados do Mandaqui, e o Saci começa a nos assoprar no ouvido desejos imprudentemente ambiciosos, como a morena da mesa ao lado ou a profissão do Ringo Starr. Como ficar mais maduro também significa perceber que a vida é curta e começar a levar a sério a imprudência, alugamos um estúdio, juntamos o punhado de alegres diletantes que há anos trocaram a alegria das cifras pela busca dos cifrões e, por algumas horas, fomos felizes para sempre.

Quinta-feira próxima virá o segundo ensaio. Neste exato momento, enquanto ouve a entrevista de um deputado, um repórter de política repassa mentalmente os acordes de "Like A Rolling Stone". Um editor deixa de lado um autor russo do século XIX e assovia "Amada amante". Um poeta abandona a busca pelo oximoro perfeito que defina o Brasil para decorar a letra de "Último romântico". Uma jornalista de economia interrompe a nota sobre a fusão de dois gigantes do etanol e imagina os movimentos de seu violino em "Eleonor Rigby". Uma produtora fecha o Excel e ouve, pela sexta vez no dia, "Não vou ficar", em seu iPod. Um escritor em Santa Cecília confunde as teclas do teclado com as do piano e outro, aqui em Perdizes, julga ouvir um prato toda vez que aperta o enter.

Ficar maduro talvez signifique, entre outras coisas, cantar a sério o que anos atrás só encararíamos sob as grossas malhas da ironia. Tocamos mal, mas somos felizes. Tudo certo — como dois e dois são cinco.

TOLI TOLÁ

Eu gostava de vê-lo abordar uma mesa. Num primeiro momento, as pessoas o recebiam com aquela armadura de cinismo que todo paulista veste ao sair de casa, para impedir que os exércitos de flanelinhas e pedintes arranquem duas ou três moedas do fundo de nossa culpa. Ele não parecia se importar. Com uma alegria infantil, o Carlitos barbudo ia tirando os bonequinhos da bolsa e anunciando-os um a um: Marciano Erótico! Zé Celso! O Pássaro do Milênio! Toli Tolá! Inconsciente Coletivo! Delirium Tremens!

Em poucos segundos os escudos e capacetes já estavam de lado, junto às bolsas e casacos. O pessoal começava a sorrir. Percebiam que Armando era um artesão de títeres, cuja existência não tinha nada a ver com a desgraça brasileira, de onde brotam crianças vendendo balas às três da manhã; era um Calder com seu circo particular, mais filho da graça do que da necessidade.

Tenho um Zé Celso e um Marciano Erótico, que vivem há alguns anos abraçados, na estante de livros do escritório. Meu Inconsciente Coletivo se perdeu em alguma mudança, ou talvez esteja escondido no fundo de uma gaveta — morada perfeita, aliás, para um boneco com tal nome.

Apesar de nos cruzarmos pelo menos uma vez por mês havia mais de dez anos, Armando nunca me reconhecia.

Sempre que chegava à minha mesa, eu dizia que tinha vários de seus bonecos e sugeria a ele algumas novidades: um Gerald Thomas para fazer companhia ao Zé Celso. Um Malufinho para a gente fazer vodu. Ele sorria, educado, e dizia que passaria as dicas à mulher, que era quem confeccionava os brinquedos, mas eu sabia que na verdade ele não achava a menor graça nos meus pitacos. Saía então com sua bicicleta em direção a outros bairros e bares, repetindo suas apresentações, que acabavam invariavelmente com o bordão: "Compra um?!".

Eu o conhecia como o "Toli Tolá". Só soube seu nome verdadeiro ao ler, na internet, a notícia de sua morte — prematura, eu diria, se não o fossem todas. Sugiro que o dono de algum bar dê a ele a maior glória que um ser humano pode atingir, que é virar nome de sanduíche. Seu Armando ou Toli Tolá, como preferirem.

VOLÚPIA

Não acredito em Deus, destino, carma ou qualquer outro nome a conduzir "a carroça de tudo pela estrada de nada", como disse Fernando Pessoa. Penso que o córtex frontal, o placar do futebol e a floração das cerejeiras são resultado de algumas regras básicas da natureza e do bom, velho e desinteressado acaso.

Tal postura não faz de mim um pessimista resmungão, muito pelo contrário: não crer que haja qualquer roteiro por trás dos eventos me deixa constantemente assombrado diante dos fatos inexplicáveis da vida. Por exemplo: há na rua Padre João Manuel, num muro do Conjunto Nacional, a seguinte pichação: "Vovó já sentiu volúpia". A primeira vez que a vi, devia ter uns oito anos de idade. De lá pra cá, avenidas foram construídas, o Carandiru foi demolido, bairros inteiros surgiram do nada, a minha casa recebeu umas dez demãos de tinta, a Livraria Cultura mudou-se, o Cinearte virou Bombril, mas a frase permanece, misteriosamente intocada.

Há uns vinte anos, reflito: qual o seu significado? Será uma pichação avulsa? Ou parte de uma série de outras questões sobre o sexo e o tempo espalhadas pela cidade, tipo "A menopausa espera pelo bebê", "Amanhã ainda será ontem" ou "Espermatozoides já são calvos"? Mais ainda: como, em São Paulo, num muro tão nobre e a despeito de chuvas ácidas, empreiteiros gananciosos e Vaporettos exterminadores, a vovó pode seguir exibindo sua ex-volúpia, sem ser incomodada?

Outro dia, passando pela alameda Santos, vi que haviam construído no muro uma porta de metal. Corri até lá e me dei conta — consternado como um arqueólogo diante das estátuas destruídas no Afeganistão — de que haviam mutilado um pedaço da volúpia.

"*No pasarán!*", sussurrei para minha esfinge sem nariz, já ciente do que iria fazer: entrar com um pedido de tombamento no IPHAN. Afinal, uma pichação de vinte anos está para a história da cidade como um prédio de duzentos. Acho importante a sua manutenção, não só arquitetonicamente, mas por seu conteúdo, digamos assim — hm, hm —, simbólico. São Paulo é um caos, os sobrados morrem pisoteados pelos horrores neoclássicos, as margens das represas são invadidas, os rios são esgotos, mas a volúpia da vovó permanece, inscrita em vermelho, em área nobre, *since (circa)* 1987. Não é um consolo?

FIRMA RECONHECIDA

Uma das páginas mais belas que já li é aquela na qual Winston Smith, protagonista de *1984*, vê uma lavadeira pendurando roupas e cantando no quintal. Winston sabe que a música foi feita por máquinas a serviço do Grande Irmão, que tem tanta poesia quanto um chiclete Ploc tem nutrientes, mas a mulher a interpreta com tamanho sentimento que transforma o pop cibernético em uma obra de arte.

Apesar dos pesares, acho *1984* um livro otimista. Me diz que, mesmo sob a mais atroz das ditaduras, histórias de amor ainda são possíveis. E que, até embaixo da mais goma-arábica das canções, é possível achar uma centelha poética.

Outro dia, num cartório, presenciei o surgimento de uma dessas centelhas. Até então, eu achava que o contrário da poesia era um cartório. Inferno do Grande Irmão, reino de carimbos, senhas, crachás, grampeadores e outras miudezas sobre as quais jamais se escreverá um soneto, uma peça para violoncelo e oboé, um episódio de *Friends*. Prisão onde as letras, que nasceram todas iguais perante Deus e poderiam ter virado romance, carta de amor ou receita de bolo, acabam emboloradas em gavetas escuras, delimitando áreas de terrenos e cláusulas de divórcios. Acreditava, acima de tudo, que de onde saem milhares de procurações, jamais brotaria uma gota de poesia.

Então o funcionário, que trouxe meu documento, foi colocar nele sua assinatura. Assim que encostou a ponta da esferográfica no papel e, com um movimento de todo o corpo, fez um círculo, eu percebi que estava diante da lavadeira de *1984*. Depois desse movimento — amplo, gracioso, como um toureiro que, com sua capa, driblasse a bovina burocracia —, ele cravou a Bic no início do círculo e, de uma maneira frenética e calculada, fez uma espécie de rabisco, como aqueles desenhos de sismógrafos, até o final do laço inicial. (Agora não mais toureiro, mas maestro descabelado regendo o fim de uma sinfonia.) Quando terminou e ergueu-se, arfante, julguei ouvir bumbo e pratos e um ou outro "bravo!" do pessoal do almoxarifado.

Meus caros, eu estava diante de um escrivão apaixonado. De um homem que, em meio àquele mingau cinzento de impessoalidade, lutava quixotescamente, com sua Bic, para deixar sua assinatura no mundo. Era Winston Smith e a lavadeira. Tinha apenas um pequeno retângulo de papel para gritar ao universo sua revolta e sua felicidade por estar vivo e vingar-se, bela e inutilmente, da morte. E o fazia.

CRUZAMENTO

Vou pro dentista, duas da tarde. Meu carro corta com esforço a geleia modorrenta em que o ar se transformou nesse verão. Um casal de adolescentes começa a atravessar a rua, de mãos dadas, à minha frente. Fora da faixa. Eles dão uma olhada para o meu carro, de leve, calculando. A garota faz menção de apressar o passo, o garoto a dissuade com um olhar de esguelha e, talvez, um sutil aperto na mão. Eles seguem seu ritmo, lento, rumo à outra calçada.

Se nenhum de nós mudar sua velocidade, acabarei por atropelá-los. É evidente que eles sabem disso, como é evidente que isso não acontecerá, pois eu venho devagar e basta pisar de leve no freio e pronto, saímos todos são e salvos, eu para o dentista e eles para a casa dos pais de um deles, onde se deitarão numa cama de solteiro, embaixo de uma parede cheia de fotos e pôsteres e frases de canetinha hidrocor tipo "Ju-eu-te-amo-amiga!", e descobrirão que a vida é boa.

Este pequeno acontecimento me atinge em algum calo das minhas neuroses urbanas. Irrito-me porque eles fingiram que a velocidade deles estava certa, mas sabem que, se não morreram atropelados, foi porque eu diminuí o ritmo. Mais ainda, talvez, porque o garoto passou para a menina a ideia, naquele olhar fugaz, de que com ele ela estava segura, de que era só confiar e tudo daria certo, eles chegariam ao outro lado da rua, depois ao outro lado do mundo, se quisessem, e seriam felizes para sempre. Mas foi o tiosão aqui quem tornou a travessia possível.

Percebo então que quem atravessou a rua à minha frente não foi um casal de adolescentes, foi a adolescência. E quem freou o carro não fui eu, mas a idade adulta. Pois é assim que a adolescência lida com o mundo. Não capitula: arrisca, peita. "Imagina se eu mudo meu ritmo, o mundo que se acostume a ele!", e porque os adolescentes têm um anjo protetor dos mais poderosos ou, pelo menos, uma sorte do tamanho de um bonde, acontece de chegarem, quase sempre, sãos e salvos do outro lado da rua.

Já a idade adulta pondera, põe o pé no freio quando convém, faz concessões, dirige afinada com a sinfonia dos outros, dentro dessa outra geleia modorrenta cujo nome, hoje, soa tão adolescente: sistema. E por isso me irrito, porque ali, naquela rua, diminuindo meu ritmo, me percebo velho, adequado, apascentado. Eles vão no ritmo deles, a realidade que se vire, e é assim, distraídos, que mudam o mundo.

100% CLASSE MÉDIA

"Nós somos ricos?", perguntei à minha mãe, aos cinco anos. Eu achava que sim. Afinal, para mim, os pobres eram aquelas pessoas que eu via com uma prematura angústia, através do vidro de nosso Passat verde-musgo, na pequena favela da Juscelino Kubitschek, perto de casa. Minha mãe disse que não éramos ricos nem pobres, éramos de classe média.

Achei o termo meio nebuloso e confesso que só fui entendê-lo realmente, em suas profundas implicações socioeconômico-culturais, na última terça, durante o banho, quando o vizinho de cima deu a descarga e a água do meu chuveiro pelou. Eu gritei um palavrão, abri mais a torneira e, enquanto minhas costas voltavam a uma temperatura suportável, pensei: ah, então é isso.

Ser de classe média significa ter uma proximidade compulsória com os outros e, consequentemente, estar em constante negociação com o mundo. Afinal, você não está entre a minoria que dita as regras, nem junto à massa que apenas as segue. Eu não imagino, por exemplo, o Antônio Ermírio numa reunião de condomínio, secando o rosto com um lenço e dizendo, exaltado: "Nem vem, Dona Arminda, a vaga do 701 já tava prometida pra mim faz tempo, a senhora devia era cuidar do Arthur que faz um escarcéu com o patinete no playground bem depois das dez".

Depois que minhas costas pelaram, comecei a me ver classe média a toda hora. Restaurante por quilo, por exemplo. Tem coisa mais classe média? Tudo bem, posso dizer que sou de uma classe média intelectualizada — o que significa que não ponho feijoada e sushi no mesmo prato —, mas seria ridículo negar minhas origens, na fila, diante de uma cestinha contendo "palha italiana" e ouvindo o mantra diário do capitalismo nosso de cada dia: "Crédito ou débito?".

Rico não come em quilo nem morto. Ou você consegue imaginar, digamos, Paulo Skaf botando aquele tempero pronto para salada nuns ovinhos de codorna, enquanto aguarda um bigodudo liberar o *réchaud* de croquetes?

Se um dia tiver de responder a um filho a pergunta que fiz à minha mãe, darei a explicação que ouvi de um comediante americano na televisão: "Se no trabalho seu nome está escrito na roupa, você é pobre. Se o nome está escrito na mesa, você é de classe média. E se estiver escrito no prédio, você é rico". Mas isso é coisa para me preocupar daqui a muitos anos. Urgente mesmo é, na próxima reunião de condomínio, colocar na pauta a questão da descarga do 204. 100% classe média.

A GOSTOSA

Sempre que entro num recinto público — pode ser padaria, cartório, açougue ou velório — olho em volta, procurando a gostosa. Não o faço por desejo, carência, narcisismo ou outro simples reflexo de minha banal condição masculina. A gostosa é um acontecimento literário.

Ela pode ser loira ou morena, alta ou baixa, preta, branca, japonesa ou búlgara, não importa: a gostosa é um estado de espírito. Ou, se preferirem outra palavra, tão esgarçada por programas de esporte, revistas jovens e propagandas de achocolatados: uma atitude.

Hoje fui ao cartório. Havia ali, sentada, entre os motoboys e os aposentados, a esperar sua senha apitar no painel, uma mulher que parecia a Claudia Cardinale em *Era uma vez no Oeste*. Estava discretamente vestida, de cabelo preso, xale sobre os ombros.

Não era a gostosa. A gostosa não deixa dúvidas: chegou cinco minutos depois, de calça jeans desbotada agarrada à bunda, combinando com um top apertado que espremia os peitos e deixava entrever um sutiã preto. Assim que entra com seu rebolar, o cheiro do perfume e o movimento dos cabelos, ela emite a todos, como que por telepatia, a incontornável informação: atenção, a gostosa chegou.

Muda tudo. Cada um sabe exatamente qual o seu lugar social diante da gostosa. O aposentado de jaqueta bege olha de soslaio e, quase triste, suspira. As moças do cartório franzem imperceptivelmente a sobrancelha, regozijando-se de suas virtudes feitas de crachás, cafés e conjuntinhos pretos. Um rapaz de óculos, meio nerd, olha pro teto, olha pro chão, as mãos lhe sobram. Todos arriscam um olhar em direção à gostosa, mas ela dá apenas uma conferida panorâmica, mascando o chiclete — displicentemente, como quem macera corações —, e retira a senha.

Então, do conjunto desconjuntado de homens, do meio dos aposentados e míopes, dos barrigudos e coxos, dos médios, dos graves e dos agudos, surge o Macho da Gostosa. Pode ser um motoboy bem-apessoado, um playboy, um pequeno empresário novo-rico de correntinha de ouro. Não acontece nada. Eles apenas se olham e, tacitamente, todos sabem, a gostosa é dele. Tristeza para alguns, alívio para outros. Depois a gostosa vai para um lado, ele pro outro, não sobra ali nenhum ator daquelas bem ensaiadas cenas, apenas um perfume doce no ar e a voz da mocinha virtuosa chamando o próximo: cinquenta e quatro, cinco quatro!

SUBSTÂNCIAS

Uns creem em Deus, outros no Diabo e há até quem espere do capitalismo a redenção de nossas pobres almas. Eu acredito em substâncias. Analiso a tabela nutricional no rótulo de um chocolate com a seriedade de um exegeta, procuro verdades obscuras por trás da quantidade de calorias ou carboidratos de um suco de laranja como um rabino cabalista. Sei que, pela interpretação correta daqueles míseros gramas de fibras, sódio ou fósforo, pode-se vislumbrar a verdadeira face de Deus.

Ou do Diabo. Se, na boca do povo, o demônio atende por nomes como Tinhoso, Cujo e Cão, nas tabelas nutricionais esconde-se sob a alcunha de gorduras saturadas, fenilalanina, colesterol, sódio e, de uns tempos para cá, gorduras trans. (Não se deixe enganar por esse nome simpático, com ar de disco do Caetano em 72: as gorduras trans, dizem os especialistas, colam feito argamassa nas paredes das artérias.)

Comecei a temer as substâncias depois da fenilalanina. Não tenho a menor ideia do que seja, mas faz alguns anos que a Coca Light traz o aviso, misterioso e soturno: contém fenilalanina. O McDonald's, ainda mais incisivo, colou um adesivo no balcão de suas lanchonetes: "Atenção, fenilcetonúricos: contém fenilalanina". Desde então, toda noite, ao pôr a cabeça no travesseiro, imagino diálogos como "... pois é, menina, o Antonio! Era fenilcetonúrico e não sabia. Fulminante. Tão novo, judiação...".

O cidadão atento deve ter notado que o glúten, de uns anos para cá, também ganhou uma certa notoriedade nos rótulos. "Contém glúten", dizem embalagens de uma infinidade de alimentos, sem mais explicações. Qual é a do glúten? Faz bem pra vista? Ataca o fígado? Derrete o cérebro? Podem os fenilcetonúricos comer glúten sem problemas?

Como bom crente, sei que as substâncias matam, mas também podem salvar. Pelo menos, é o que espero do chá verde e seus incríveis flavonoides, que venho consumindo com fervor e regularidade nas últimas semanas. Você sabe o que são flavonoides? Pois é, eu também não, mas o rótulo do tal Green Tea avisa, com grande júbilo (e um pequeno gráfico), que uma garrafinha tem quatro vezes mais flavonoides do que o suco de laranja e treze vezes mais do que o brócolis. Diz ainda, à guisa de explicação, tratar-se de poderoso antioxidante. Fico muito tranquilo: posso cair fulminado pela fenilalanina ou sofrer os insuspeitos estragos do glúten, mas de enferrujar, ao que parece, estou a salvo.

O BRASIL NA FAIXA

Como muitos brasileiros, eu também andava por aí, cabisbaixo e macambúzio, a chutar tampinhas de garrafa e maldizer a vida, o governo, o mau tempo e o técnico da seleção. Foi quando conheci o PSTM: Partido do Socialismo Tranquilo e Moreno. Não se trata de mais uma nova sigla, fadada às velhas maracutaias: o PSTM tem um projeto civilizatório. Ou descivilizatório, como verá o amigo.

Quem me trouxe a luz da sabedoria foi um dos fundadores da agremiação, o ilustre professor Eduardo Correia. Mais tarde, um de seus discípulos, o Dr. Marcelo Behar, me pôs à par de todos os detalhes. (Eduardo fuma cachimbo, Dr. Behar trabalha de terno, de forma que não se pode duvidar da seriedade dos dois patrícios.) O projeto do PSTM é de uma simplicidade tão grande (ou de uma grandeza tão simples) que cheguei a gargalhar de felicidade ao conhecê-lo. Veja só: pega-se a extensão da faixa litorânea brasileira e divide-se pelo número de habitantes. O resultado é esplendoroso: 5 m de areia branca para cada cidadão. Chega de tentarmos ocupar o cerrado, povoar a caatinga, adentrar aquelas imensidões ermas. Já temos o sertão mítico de Euclides da Cunha e Guimarães Rosa para nosso desfrute. Para que queremos o sertão real?

Com o PSTM o Brasil não vai pra frente, mas pro lado. Cada cidadão terá direito à sua faixa de areia e mais uns 200 metros de terra para dentro do país, apenas o suficiente para plantar uns coqueiros que darão coco, umas palmeiras onde cantará o sabiá e o que mais lhe aprouver. A Amazônia e o Pantanal nós vendemos para a Europa, que já destruiu tudo o que tinha por lá e, cheia de culpa e de olho gordo nas patentes biológicas, irá cuidar das florestas. (Se não cuidar, também, já não será mais problema nosso.) Os pampas a gente dá pra Argentina, em troca de carne, doce de leite, psicanalistas e centroavantes. O resto, vendemos para os EUA, que farão parques temáticos, resorts, campos de golfe e testes com armas nucleares.

Com o dinheiro da venda construiremos um SESC a cada tantos quilômetros, uns barzinhos que ofereçam peixe frito e cerveja gelada, uma linha de trem norte-sul para visitarmos amigos e parentes e sustentaremos uma ou duas gerações de vagabundos. Deitados eternamente em berço esplêndido (as cangas), poderemos enfim nos dedicar ao ócio, ao samba, ao futebol, à culinária e às grandes questões existenciais. Chegou a hora dessa gente bronzeada mostrar seu valor. Chegou a hora de assumirmos nossa vocação de Chile Atlântico. Chegou a hora de sermos felizes para sempre.

MURUNDU

Sempre que ouço no rádio esses boletins sobre o trânsito, sinto um leve tremor nas pernas. Não é o jargão descolado da repórter que me enerva, quando tenta quebrar o clima protocolar da narrativa com gírias como "a Heitor Penteado vai embaçada nos dois sentidos" ou "a Juscelino Kubitschek rola sussa na região do Itaim", mas a certeza de que numa dessas tardes perfumadas pelo monóxido de carbono ouvirei, enfim, o boletim derradeiro de nossa civilização: a notícia de que o trânsito parou de vez.

O repórter dirá que a Marginal "está zoada" até a Dutra, a Dutra "show de horror" até o Rio de Janeiro, de onde ninguém se move até a Bahia porque pela BR 101, "mó treta", carro já não anda, e assim sucessivamente, passando (ou melhor, não passando) por Bogotá, Manágua, Cidade do México, Vermont, até chegar na ponta do Alaska, onde um daqueles enormes caminhões americanos, se for mais um centímetro para trás, fará companhia às focas, no fundo do mar gelado. (No meio da tarde, quem sabe, haverá um boato de que existe uma maneira de ir de Pinheiros aos Jardins passando pelo Chile, mas logo será desmentido.)

Chefes de Estado se reunirão em alguma ilha do Atlântico, com matemáticos, físicos e os últimos três campeões mundiais de cubo mágico, para debater a situação. O presidente dos EUA, dizendo que o caminhão do Alaska não pode se mexer, pedirá ao líder argentino para que a Kombi na pontinha da Patagônia dê uma ré e tente ir alguns centímetros para a esquerda. Aí, quem sabe, todo mundo ande, mas a Argentina, com o apoio do Mercosul, alegará que, se for para trás, a Kombi também acabará fazendo companhia aos pinguins e, para a esquerda, de qualquer maneira, está o Del Rey dourado de um paraguaio chamado Juan, cujo motor, para piorar a situação, fundiu. De maneira que, todos se darão conta, o murundu rodoviário é insolúvel.

A solução virá de alguma mente iluminada: aterra tudo. A gente tira areia do fundo do mar, dinamita umas montanhas, se preciso for, e espalha tudo pela superfície do globo, sumindo com os carros, transformando o primeiro andar em subsolo e o segundo em térreo. Dessa forma, milhões de empregos serão gerados e uma das mais graves consequências do efeito estufa será neutralizada: quando as calotas polares derreterem, ninguém ficará com as canelas n'água, pois viveremos todos alguns metros acima. Nesse dia, a verdade tantas vezes proclamada deverá, por fim, ser aceita até pelos mais radicais intelectuais de esquerda: com o capitalismo, mais cedo ou mais tarde, o nível de vida haveria de subir para todos.

JANELA INDISCRETA

Incrível, novembro nem terminou e o vizinho já encheu a varanda de luzinhas coreanas. Agora, da janela do meu escritório, vejo seu canteiro piscando — verde, amarelo, vermelho —, anunciando que o Natal está aí, é mais um ano que passou, menos um que passará.

Chamá-lo de vizinho talvez seja exagero. Não moramos no mesmo prédio, tampouco na mesma rua. Seu prédio é na transversal, mas sua janela dá para a minha, de forma que dividimos uma faixa de ar, a uns trinta metros do chão. Nessa estranha cumplicidade aérea, com as janelas por moldura, vou criando sua imagem, através de pequenos sinais.

Durante a Copa, por exemplo, na varanda onde agora as pobres mudas seguram o desproporcional ornamento luminoso — me fazem pensar em bebês com colares havaianos —, balançava uma bandeira do Brasil. Meu vizinho respeita as instituições. E vive o presente, como dizem por aí. De uma forma bem expansiva, aliás: até o fim da Copa, assoprou um cornetão com tamanha fúria que cheguei a pensar que fossem as trombetas anunciando o Apocalipse. (Talvez fossem mesmo e, pensando bem, certos eventos dos últimos meses até que fazem sentido à luz do fim do mundo.)

O prédio do meu vizinho é todo moderno, igual a esses dos folhetos que entregam no farol. Tem uma piscina de uma raia só, sala de ginástica e, como dizia o tapume na época da obra, trata-se de um "personal home". Isso me intriga bastante: haverá algum lar que não seja pessoal? Pode ser que o termo signifique que os apartamentos têm apenas um quarto — ou dormitório, que é, paradoxalmente, o nome que o quarto tem enquanto ninguém dorme nele.

Agora imagino o meu vizinho, solitário em seu personal home, com sua piscina de uma raia só, tentando fazer contato com cornetas, luzes e bandeiras. Sinto pena dele. Um pouco de culpa também, por tratá-lo com cinismo e superioridade. Afinal, não tem nada de errado em ser brasileiro na Copa, natalino no Natal.

Acho que o solitário sou eu, que não me junto ao coro nacional de cornetas e rojões, não pisco na comunhão mundial de espírito natalino e luzinhas coreanas. Talvez eu sinta é inveja daquela janela, tão antenada com o resto do mundo, tão fiel ao calendário. Ele ali, defenestrando certezas, e eu aqui, com minha janela deficitária, por onde só entram dúvidas e uma ou outra mariposa. Quanta pretensão, querer ser diferente... Papai Noel tá aí, gente, é uma realidade. Jingle bell, meu caro vizinho — e que venha o Carnaval.

QUEM PINTA?

Se uma hecatombe nuclear mandar tudo pelos ares e o único resquício de nossa civilização for a porta de um banheiro público, os arqueólogos do futuro chegarão à conclusão de que éramos uma sociedade pouco evoluída, monoteísta e dedicada à adoração do Grande Deus Pênis.

A leitora, pertencente à metade mais ilustrada da humanidade, talvez não saiba, mas todos os banheiros masculinos do país, do boteco sórdido ao aeroporto internacional, têm rabiscados em suas portas — além de escudos de times e piadas infames — pintos de todas as cores e tamanhos.

Eu entendo os motivos estúpidos que levam o torcedor fanático a escrever "Timão eô!" na parede do banheiro. Compreendo o impulso que encoraja o sujeito reprimido a sacar sua caneta e deixar nas paredes do WC apreciações pouco elogiosas sobre o presidente da República ou o chefe da firma. Mais do que tudo, olho com ternura para o pobre diabo que, tendo como cúmplice apenas um vaso sanitário, aproveita para declarar seus sentimentos mais profundos: "Waleska te amo, ass: Anderson do RH". Essa obsessão peniana, no entanto, me é incompreensível.

Fico imaginando o pai de família sentar-se na privada e, protegido pelo anonimato de fórmica e azulejos, tirar a caneta do bolso. O coração acelera, pequenas gotas de suor surgem na testa e, com a alegria ardente das pequenas transgressões, o trabalhador honesto, bom marido e rotariano respeitado desenha o aparelho genital masculino, cheio de detalhes, na porta do banheiro.

Será que ao deitar a cabeça no travesseiro e revisar o seu dia, o cidadão se arrepende de seus arroubos urolográficos? No fim do ano, quando pula ondas, come lentilhas e pensa no futuro, o vândalo sanitário pede ajuda aos deuses para deixar o vício? Ou, pelo contrário, não tem nenhuma vergonha de seus atos? Todo sábado, junta-se a seus confrades num boteco e, entre cervejas e amendoins, bate no peito: "Cês tem que ver o que eu fiz lá no Belas Artes! Da maçaneta até o chão! Azul e verde, uma beleza!". Ao que outro sugere, tirando da pasta um estojo de canetas coloridas: "Vamos pra Osasco no domingo? Parece que abriu um shopping novo...".

Se uma hecatombe nuclear mandar tudo pelos ares, espero que não sobre uma única porta de banheiro para contar a história. Afinal, não gostaria de ser visto pelos arqueólogos do futuro como parte de uma sociedade pouco evoluída, monoteísta e dedicada a adoração do Grande Deus Pênis. Muito embora, pensando bem, a definição até faça sentido.

MAMA, NENÊ

Autoajuda pra mim é cachaça, o resto é conversa fiada. Tá bom: ioga, psicanálise, ikebana e danças de salão podem nos ajudar a entrar em harmonia com nosso próprio eu, nos tornarmos seres humanos mais evoluídos e blablablá, mas quando o pé amado toca a incauta bunda, neguinho não vai sentar-se em flor de lótus, escarafunchar seu processo edípico, podar a samambaia nem dançar um tango argentino: vai é manguaçar.

É só ali, já mais perto da última dose que da primeira, limados os graves e agudos — naquela quarta dimensão etílica: nem dentro nem fora de nós mesmos —, que podemos respirar aliviados, encher o peito e dizer que aquela ingrata não vale nada, que nós somos maiores que isso e que a vida, meu amigo, a vida é uma coisa assim, a vida é assim uma coisa... Enfim, uma coisa dessas que a gente diz sobre a vida quando está bêbado.

Se nas avalanches emocionais o nosso amigo álcool aparece como um são-bernardo salvador, em nossos projetos mais ousados ele surge como um cão-guia, um labrador a nos indicar os caminhos para além do labirinto de nossas inibições. Em outras palavras: sem o álcool eu seria virgem até hoje. Em plena adolescência ficar pelado diante de uma menina, sóbrio? Só um psicopata seria capaz de tamanha frieza.

O que mais lastimo é que os chopes só tenham vindo transformar asfalto em edredom quando eu já era quase um adulto. Como é que na infância, a fase mais hardcore da vida, só havia groselha, Fanta Uva e Toddynho em meu copo? Ah, se na quarta série eu conhecesse as benesses do álcool, Joana, tudo teria sido diferente!

Lembra quando te pedi em namoro numa cartinha? Você disse não. Mas é claro! Que passo desastrado, mandar uma carta a alguém que você nunca beijou na boca perguntando uma coisa dessas. Só um ser humano completamente sóbrio cometeria tamanha patacoada. Se ao invés do bilhete tivesse te convidado pra tomar um chope na cantina, te contasse aquela piada de português que meu tio Aristides havia me ensinado, te mostrado habilmente como fazer uma boca de lobo incrementada, um aviãozinho que dava looping, quem sabe, Joana, eu e você, na quarta série, hein?

Bem, se eu tinha sobrevivido ao primeiro dia de aula da primeira série, a seco, não seria na quarta que a coisa iria degringolar. Lembro bem daquele dia. Eu havia passado dos dois aos seis numa outra escola. A vida toda, portanto. Não conhecia ninguém ali. Era praticamente um exilado político brasileiro chegando na Suécia. Imagina só se tivéssemos todos tomado um uisquinho antes? Chegaríamos confiantes, sorridentes, sem nem nos preocuparmos se seríamos aceitos ou se já na segunda aula ganharíamos para sempre o apelido de Dumbo, Gordo, Anão... E se durante o recreio — aquele climão de banho de sol em penitenciária —, em vez de comermos Cebolitos, ensimesmados em nossa timidez, tomássemos um vinho em canequinhas da Turma da Mônica, em torno da cantina? O entrosamento seria tão mais fácil. (A educação física ficaria comprometida, mas quem liga para polichinelos diante da concórdia universal?)

A dura jornada tinha na volta, na perua, seu *gran finale*. Depois de cinco horas estudando aquelas coisas chatas, uma hora e meia de trânsito, buzina, estresse. Se nossas mamães pusessem uma garrafa térmica na lancheira com caipirinha, essas longas jornadas noite adentro seriam inesquecíveis happy hours, road movies infantis. E nós todos ali dentro, pequenos Kerouacs e Dennis Hoppers mirins, cruzaríamos a cidade a cantar a plenos pulmões os últimos sucessos do Balão Mágico, Menudo e Trem da Alegria, alheios ao resto do mundo.

Se na escola já era difícil, imagina aos dois anos, quando você se deu conta, desesperado, que a mulher da sua vida tinha outro? Que aquela dissimulada te alimentou falsas esperanças enquanto se deitava com outro toda noite e, pior, esse outro era seu próprio pai! Ah, nesse momento o maternal deveria ser um pub enfumaçado cheio de pobres diabos dilacerados diante desse protocorno incurável — essa ferida cuja ilusão da cura nos atirará em todas as maiores roubadas de nossas vidas dali pra frente, do jardim dois até a cova. Aguardente na mamadeira era o mínimo que eu esperava diante dessa hecatombe emocional e, no entanto, só nos ofertaram Hipoglós, nana nenê e leite morno. Como são cruéis esses adultos.

Agora, se de todos os momentos trágicos da vida eu pudesse escolher um, somente um, para receber o afago etílico em minh'alma, seria obviamente o nascimento. Nós estávamos no quentinho, boiando, recebendo comida na barriga, numa eterna soneca de manhã chuvosa de domingo, quando veio aquele aperto, aquele barulho, aquela luz terrível e o frio, meu Deus, que frio. Nesse momento um ser humano sensato deveria ter me olhado nos olhos, percebido o profundo desamparo e, clemente, dado uma talagada duma aguardente qualquer e dito: bebe, criança, bebe que a vida é dura, bebe que a vida é longa e não tem mesmo o que fazer. Mas não, me viraram de ponta cabeça, me deram um tapa na bunda e ficaram me vendo chorar, sorrindo. Depois de um começo assim a gente pensa o quê? Que vai resolver na análise? Na ioga? Fazendo arranjo de flores? Dançando chá-chá-chá? Não, meu irmão: autoajuda pra mim é cachaça, o resto é conversa fiada.

BRILHANTE DO TOGO

Muitas vezes a gente só percebe que algo não vai bem quando já saiu completamente do controle. Eu, por exemplo, só me dei conta de que havia ido longe demais com a história do álbum da Copa no churrasco de domingo, logo após Brasil e Austrália, quando me peguei quase esganando uma criancinha e gritando "Tira essa mão engordurada de cima das minhas repetidas!".

O pessoal me olhou assustado, a criancinha saiu chorando, mas também, caramba! O garoto vinha com um sanduíche de linguiça vazando vinagrete para cima do meu escudo brilhante do Togo! Vocês sabem o que tá valendo o brilhante do Togo por aí? Meu amigo Emilio tá oferecendo uma mobylette em bom estado por uma delas. Tá certo, eu exagerei, mas e se ele suja o meu bolo todo — onde estão os pais dessa criança?! —, como é que eu fico?

Sei que não sou o único adulto enredado pelo novo vício. Vejo por aí profissionais respeitados fuçando o Facebook atrás dos grupos de troca. Namorados apaixonados que, em vez dos torpedos românticos de sempre, passaram a enviar mensagens como "O Júlio Baptista tá valendo 25 na Benedito. A gente tem?". Pelos bares, ouço os sussurros ansiosos: "Aceita três Borowskis pelo seu Wanchope?",

"Nem a pau, o Wanchope só pelo Clayton da Tunísia e a brilhante da Ucrânia. Vai?".

Sim, estamos desequilibrados, e a razão é muito simples. Na infância, álbum era uma brincadeira controlada pelos pais. As figurinhas vinham em conta-gotas, pois algum pedagogo malvado deve ter feito terríveis prognósticos de que filhos que ganhassem muitas figurinhas de uma vez só jamais aprenderiam a lidar com o Limite, a Saciedade, a Frustração, acabariam comendo todas as jujubas do pote e daí para maconha e a cocaína, já sabe, é um passo. Claro, havia pequenas variações em cada casa, dependendo da culpa dos pais e da habilidade da criança em manipulá-la, mas no geral era uma esfomeada ração de pacotinhos, ao final de cada dia. Então surge esse álbum da Copa, em relação ao qual somos pais e filhos. Somos como ratinhos que, da noite pro dia, aprendem a controlar a alavanca de figurinhas.

Normal que nos empanturremos e não vejo nada de errado nisso. Sei que devo evitar certos exageros, como entrar no cheque especial ou gritar com criancinhas — mesmo que elas ameacem o escudo brilhante do Togo com seus dedinhos lambuzados. Mas também, diabos, se ninguém ensinar o Limite para esses meninos, o que será deles no futuro?

PRIMEIRA VEZ

Ver uma cidade de cima é como olhar por baixo da saia de uma mulher. É ter acesso, de maneira ilícita, ao que elas escondem: a mulher, atrás da saia, a cidade, atrás dos muros.

A primeira vez que vi minha cidade nua foi numa tarde de outubro de 1998, chegando de helicóptero do PETAR (Parque Estadual do Alto Ribeira, no sul do estado de São Paulo). A improvável carona, conseguida não sei como pelo fotógrafo Ignácio Aronovich, parecia uma recompensa do destino, após quase uma semana no mato, digladiando-me com borrachudos e — nos breves intervalos — cobrindo um evento esportivo. Em vez de quatro horas de Régis Bittencourt e uma coxinha insossa numa parada, uma visão inédita de São Paulo, precedida por quarenta minutos sobre a floresta.

E quanta floresta! Para um ser urbano como eu, que achava que a Mata Atlântica se restringia àquelas árvores no canto da praia ou ao lado do acostamento, ver aquele verde se estendendo para todos os lados foi uma agradável surpresa. Para quebrar a monotonia, de tanto em tanto um riozinho preto seguia seu rumo tortuoso, como uma cobra de Coca-Cola.

Eu já estava quase feliz com a situação de nossas matas quando, sem aviso prévio, sem dégradé, sem top de oito segundos nem "Senhores passageiros, estamos nos aproximando...", o lençol verde virou favela. Numa linha nítida passamos do mato da onça para o mundo ocre e cinza de lajes da periferia paulistana. Os riachos de Coca-Cola tingiram-se de um bege sujo de Toddynho. Fomos, como já disse alguém sobre a nossa história, da selva à barbárie, sem passar pela civilização.

Mal me acostumei às novidades cromáticas, a favela terminou, abrupta como começara: piscinas, quadras de tênis, asfalto, canteiros — estávamos no Morumbi. De Bangladesh ao Tênis Clube, num piscar de olhos. Mais um segundo e o Morumbi ficou para trás, pegamos a Marginal (para meu espanto, o ar também tinha regras de trânsito, contramão, avenida, rua sem saída...) e descemos no Campo de Marte.

Despedi-me do Ignácio e do piloto, que não pareciam ter vivido nenhuma experiência transcendental. Peguei um táxi e fui em silêncio até minha casa. Sentia um certo pudor, como se entre mim e a cidade não houvesse mais segredos. Não que antes houvesse, o que vi lá de cima era exatamente o que eu imaginava, mas...

Voltando para casa, no táxi, lembrei-me de uma outra tarde, há muitos anos, no meio da minha adolescência. Olhava a cidade pela janela do carro e tudo parecia completamente diferente, embora nada houvesse mudado.

NÓIS NA FITA

O adesivo na Kombi à frente dizia: "Não multa! Nóis tamu na luta!". Ultrapassei a bendita, coloquei a cabeça pra fora e gritei, a plenos pulmões: "Mensalão! Mensalão!". O motorista me olhou perplexo, acelerou e sumiu — não sem antes, por via das dúvidas, mandar lembranças à minha mãe. Não foi o primeiro patrício a estranhar minhas atitudes.

A coisa começou depois que Bob Jeff, ignorando a sábia lei que rege toda falcatrua — a saber, Vaca Amarela —, botou a boca no trombone (e, logo, na panela). De lá pra cá virei uma CPI de um homem só, *Taxi Driver* do gogó: enfim, um chato a gritar aos quatro ventos nossos mensalões cotidianos. Logo que começou o escândalo, os jornais especulavam que o mensalão podia ser mais amplo do que parecia. Gargalhadas. O mensalão está no pão nosso de cada dia, minha senhora!

O que era o adesivo da Kombi senão mais um exemplo desse respeitadíssimo consenso nacional de que, se é para o nosso bem, a lei pode ser burlada? "Tamu na luta" significa: sou um cara legal, meus propósitos são bons; logo, posso passar no sinal vermelho, parar em cima da calçada e dirigir pelo acostamento sem ser multado.

Vou ao espaço Unibancool de Cinema. Aquele pessoal de aros grossos e fina estampa chega, olha a fila e vai logo pra frente, ver se conhece alguém e consegue um pequeno favorecimento na concorrência. "Mensalão! Mensalão!" (Diante dos meus gritos, umas garotas de cabelo verde acham que é performance e aplaudem. O resto só me olha com o mesmo susto do motorista e vira seus All Stars pro outro lado.)

Quantas pessoas eu não conheço, filhas da fina flor de nossas elites, que compraram suas cartas de motorista? "Mensalão! Mensalão!" E aqueles que têm tevê a cabo pirata e ainda se defendem com um discursinho anticapitalista de quinta, Robin Hoods dos Jardins? Perto de São Paulo há cidadezinhas de quinze mil habitantes com mais empresas do que o Vale do Silício, todas paulistanas, ali sediadas pra pagar menos impostos. Pagar multa, jamais: suborne o guarda. Fila dupla? Só um segundinho, enquanto eu vou pegar o meu filho ali na escola.

Quando Bob Jeff mandou a Vaca Amarela pastar, Lula disse que ia investigar as denúncias seriamente e que, se necessário, "cortaria da própria carne". Na hora eu imaginei uma fila com todos os brasileiros, mergulhando que nem o Tio Patinhas dentro de um enorme moedor de açougue. O que me tranquiliza é que conheço muita gente e sempre conseguiria encontrar alguém na fila lá pra trás. Eu e meus amigos de aros grossos e fina estampa pularíamos por último. Mas pularíamos.

PAULISTA

Eu tinha dezessete anos e subia a Augusta, sem camisa e sem medo, o Corinthians era campeão brasileiro e a cidade era minha. Ao meu lado o Perê, rouco, gritando "Timão eô, Timão eô", o Binho, assoprando o cornetão que nem um condenado e mais um rio de corintianos que, contrariando as leis da física, escorriam pra cima, num fenômeno festivo-fluvial que desembocaria na Paulista, o caudaloso Amazonas de nossa felicidade.

O Perê abraçava qualquer um que passasse, no que era cordialmente correspondido, e quando vimos estávamos pulando Augusta acima com uns seis desconhecidos e um negão de um metro e noventa, cabelo black power, uns óculos escuros dourados e nenhum dente na boca. Democracia corintiana, racial, social e o escambau. Ê, leleô, leleô, leleô, leleô, Corinthians!

Alguns pulos e cervejas depois, estávamos na Paulista. Eu, o Binho, o Perê, o black power, pais com crianças no ombro, a tiazinha da barraca de sanduíches, nossos dezessete anos, a escola chegando ao fim, a vida começando, umas garotas que passaram rindo, tudo girava e fazia sentido. Era como se por uns instantes a hierarquia houvesse sido espremida na chapa do pão de hambúrguer ali da esquina e o Brasil desse certo.

A massa alvinegra cantava acordes doces de Gilberto Freyre, não havia mais Casa-Grande nem Senzala e aqueles três garotos da Zona Oeste, alimentados a leite A, que aprendiam num colégio caro que o Brasil era um país injusto onde só dois ou três garotos da Zona Oeste, alimentados a leite A, podiam estudar num colégio caro e beber leite A, vislumbravam alguma coisa além. (E tomavam cerveja, claro, o que faz com que fique muito mais fácil vislumbrar alguma coisa além.)

Mas houve um corte descontínuo. Quando eu vi, a música tinha parado, era tarde, as crianças haviam sumido dos ombros — onde estão aquelas meninas que sorriam? —, um cara nos apontava e gritava: "Ó os são-paulino aê!". Os são-paulino aê, no caso, éramos nós três: alvos nos dois sentidos da palavra.

Não sei como a gente escapou. Sei que corremos, e corremos, e corremos, sem olhar pra trás. Gilberto Freyre tinha sido solapado por Mano Brown. Quando enfim estávamos longe de tudo, paramos, cansados. O Perê olhou lá longe o aglomerado e gritou, chorando: "Eu sou corintiano, porra! Eu sou corintiano...". Eu sei que ele queria dizer muito mais do que isso.

Eu tinha dezessete anos e descia a Augusta, sem camisa e com medo. A cidade não era minha, nem de ninguém. No dia seguinte faltamos na escola.

CAMARÃO NA MORANGA

Ao contrário de mim, que cresci encharcado de cultura de massa, batatas fritas sabor churrasco e feijoada de micro-ondas, minha amiga Clarissa é filha de eruditos, foi educada entre decassílabos, sonatas e camembert. Acreditem, isso faz uma baita diferença na hora de comprar uma abóbora.

"Ali tem um supermercado, ó", eu disse. "Por que a gente não vai na quitanda?", ela me respondeu. Já estava instalada a cizânia. (Os desentendimentos germinam nas mais insuspeitadas brechas.)

"Eu acho que as abóboras do supermercado devem ser melhores", falei. "Imagina! Na quitanda deve ser o próprio japonês que planta, num sítio, sem agrotóxicos...", ela argumentou, fingindo que a discussão era Jamie Oliver quando na verdade — os dois sabiam bem — estava muito mais para Michael Moore.

Não sei se você compreende, mas um supermercado e uma quitanda encontram-se em polos opostos do espectro político. Era isso que o olhar da Cla, com fúria guerrilheira, me dizia: o supermercado era de direita, códigos de barra, imperialismo ianque; a quitanda era de esquerda, papel pardo, Fórum Social Mundial.

"Olha, Cla, eu entendo, eu também acho assim que, esteticamente, sabe, a quitanda, o japonês, o sitiozinho dele... Sou a favor, mas veja só, o supermercado deve ter uma pilha enorme de abóboras e a gente vai escolher uma linda, imensa!"

Ela resolveu botar tudo em pratos limpos — talvez já desconfiando que seriam os únicos pratos possíveis naquela tarde: "Cara, você realmente acredita nas corporações, né?". Fez-se um longo silêncio. Não havia jeito. Mesmo sabendo o risco que corria se a informação chegasse a certas rodas, soltei: "Sim. Bom, eu sou a favor do japonês, da horta dele, da quitanda, mas acho que os tomates, as cebolas e abóboras do mega-hipermercado são melhores. Se eu tiver que votar num mundo quitanda ou num mundo supermercado, voto quitanda e faço campanha. Se tiver que fazer um camarão na moranga, vou no mercado".

Clarissa ficou indignada. Não entendia como é que eu, que tinha estudado no, que tinha lido tal, agora olha só, imagina com quarenta, por isso que o mundo, nossos próprios amigos, imagina o Bush então, o mensalão, acabou, acabou, acabou.

Saímos andando, cada um pra um lado, frustrados, magoados e famintos. Sei lá, talvez a Clarissa tenha razão, talvez a gente devesse fazer alguma coisa, talvez um outro mundo seja possível. Nosso camarão na moranga, definitivamente, é que não.

VIGILÂNCIA SANITÁRIA

Estava eu sentado naquele lugar que algum poeta anônimo, num paroxismo eufemístico, batizou de *trono*, quando o mosquito entrou pela janela. O elemento, que voava em atitude suspeita, parecia-se muito com o retrato falado que jaz em cartazes espalhados pela cidade: "Aedes Aegypti — Wanted, dead or alive". Um acorde de suspense percorreu a minha espinha e ecoou pelos azulejos brancos. Era preciso fazer alguma coisa com ele, antes que ele fizesse comigo.

Eu estava em posição de desvantagem caso partíssemos para a luta corporal — que dirá, então, bater em retirada —, mas, ora, ele era um mosquito medíocre e eu um primata evoluído. Era meu córtex contra seu ferrão. O esquema era aguardar um erro do adversário, o que não tardou a acontecer: em segundos ele pousou na parede à minha frente, deixando as costas desprotegidas. Saquei minha havaiana. Já era.

Terminados os eventos sanitários, fui ao Google fazer a acareação. Parecia mesmo com o mosquito da dengue. E agora? O que fazer? Voltei ao oráculo virtual e achei a resposta. Ou melhor, o endereço da resposta: em minutos eu rumava à rua Guaicurus, 1.000, a subprefeitura do meu bairro, onde fariam a autópsia do mosquito (que ia no banco de passageiros, dentro de um pote de maionese).

A Guaicurus, 1.000, é mais ou menos como uma Galeria Pajé da burocracia. Um labirinto de repartições onde pessoas pagam contas atrasadas, alistam-se no exército, casam-se, divorciam-se, choram, praguejam contra o presidente, tomam litros de cafezinhos em copos de plástico e, eventualmente, aparecem carregando um mosquito num pote de maionese.

Cheguei a uma sala no fundo de um corredor, onde duas senhoras simpáticas — uma de cabelo roxo e outra alaranjado —, me receberam. A de cabelo roxo pôs-se a examinar atentamente o mosquito, com uma lupa do tamanho de uma raquete de pingue-pongue. Olhou então para sua parceira e afirmou, categórica como um Sherlock Holmes da Lapa de Baixo: "É o danado!". Watson — a de cabelo cor de laranja —, perguntou onde eu morava. Foi até um mapa de São Paulo e colou uma tachinha vermelha em minha rua. Entregou-me alguns folhetos, disse que as chances de eu morrer de dengue hemorrágica nos próximos dias eram muito pequenas e sorriu, de maneira estranha, para sua colega.

De lá para cá, tenho esperado resignado que homens vestidos de astronautas lacrem meu apartamento, como no filme *ET*, e me levem para uma quarentena forçada numa cela escondida na rua Guaicurus, junto com devedores do IPVA e requerentes da segunda via do RG que, em algum momento do labirinto burocrático, se esqueceram de reconhecer firma. E pensar que era só um mosquitinho...

OS NOVOS BARES VELHOS

A primeira vez que me convidaram para ir a um bar carioca, recusei a proposta com um certo espanto. Disse que estava pensando em tomar uns chopes, não a ponte aérea. Meu amigo riu: o bar carioca ficava em Pinheiros. Como assim?!

Logo que entrei, entendi tudo. Era uma espécie de botequim carioca de cidade cenográfica. Um Rio de Janeiro de Epcot Center. Estavam ali, lado a lado, todas as ideias que um paulista tem de um boteco da cidade maravilhosa: bolinho de bacalhau, sanduíche de pernil, chope bem tirado, mesas com tampo de pedra e cadeiras de madeira, filé à Oswaldo Aranha e garçons de gravata-borboleta e ar aristocrático, desses que parecem trabalhar por vocação e já ter servido, em outros dias, o leite de Nelson Rodrigues e o uísque de Vinicius de Moraes. Um velho bar carioca era o novo bar paulista. Isso foi no fim da década de 90.

De lá pra cá, o estilo se multiplicou e se transformou. Os bares já não imitam mais o Rio, mas recriam uma espécie de passado paulista. Pirajá, Original, Astor, Filial, São Cristóvão e outros são bares que não querem ser modernos, a última moda em Nova York, querem ser antigos. Balcões de madeira escura, máquinas de chope com cara de começo do século XX, pisos de ladrilho hidráulico. No cardápio, pratos e petiscos "populares" são servidos com pompa e circunstância: sanduíche de mortadela, picadinho, coxinha e empada estão no lugar onde, anos atrás, em bares "bacaninhas", encontraríamos coisas com nomes franceses, italianos, japoneses.

É como se São Paulo tivesse uma onda nostálgica e, cansada de macaquear as metrópoles de primeiro mundo, decidisse voltar para casa, para o colo da mãe. Mas aí, surpresa: a mãe não existe mais. Não se constrói Nova Faria Lima sem derrubar o velho Itaim. Não suportamos o que tem mais de trinta anos, por isso jamais teremos nada de cem.

Lévi-Strauss escreveu em *Tristes trópicos* que, se "Para as cidades europeias, a passagem dos séculos constitui uma promoção; para as americanas a dos anos é uma decadência". Claro, para a Notre Dame, um século a mais é uma melhora. Para o Shopping Eldorado, duas décadas é a ruína. Cansados dos velhos novos bares, a gente investiu nos novos bares velhos. O que talvez seja a mesma coisa. Ou não, como já dizia o poeta.

TIME IS HONEY

"No mais, tudo é menor. O socialismo, a astrofísica, a especulação imobiliária, a ioga [...] O homem só tem duas missões importantes: amar e escrever à máquina. Escrever com dois dedos e amar com a vida inteira."

Antonio Maria

Poucas coisas neste mundo são mais tristes do que um bolo industrializado. Ali no supermercado, diante da embalagem plástica histericamente colorida, suspiro e penso: estamos perdidos. Bolo industrializado é como amor de prostituta, feliz-natal de caixa automático, bom-dia da Blockbuster. É um antibolo.

Não discuto aqui o gosto, a textura, a qualidade ou abundância do recheio de baunilha, chocolate ou qualquer outro sabor. (O capitalismo, quando se mete a fazer alguma coisa, faz muito benfeito.) O problema não é de paladar, meu caro, é uma questão de princípios. Acredito que o mercado de fato melhore muitas coisas. Podem privatizar a telefonia, as estradas, as siderúrgicas. Mas não toquem no bolo! Ele não precisa de eficiência. Ele é o exemplo, talvez anacrônico, de um tempo que não é dinheiro. Um tempo íntimo, vagaroso, inútil, em que um momento pode ser vivido no presente, pelo que ele tem ali, e não como meio para, com o objetivo de.

Engana-se quem pensa que o bolo é um alimento. Nada disso. Alimento é carboidrato, é proteína, é vitamina, é o que a gente come para continuar em pé, para ir trabalhar e pagar as contas. Bolo não. É uma demonstração de carinho de uma pessoa a outra. É um mimo de avó. Um acontecimento inesperado que irrompe no meio da tarde, alardeando seu cheiro do forno para a casa, da casa para a rua e da rua para o mundo. É o que a gente come só para matar a vontade, para ficar feliz, é um elogio ao supérfluo, à graça, à alegria de estarmos vivos.

A minha geração talvez seja a primeira que pôde crescer e tornar-se adulta sem saber fritar um bife. O mercado (tanto com *m* maiúsculo como minúsculo) nos oferece saladas lavadas, pratos congelados, comida desidratada, self-services e deliverys. Cortar, refogar, assar e fritar são verbos pretéritos.

Se você acha que tudo bem, problema seu. Eu vou espernear o quanto puder. Se entregarmos até o bolo aos códigos de barras, estaremos abrindo mão de vez da autonomia, da liberdade, do que temos de mais profundamente humano. Porque o próximo passo será privatizar as avós, plastificar a poesia, estatizar o amor, desidratar o mar e diagramar as nuvens. Tô fora.

CAOS E CELULOSE

Estou feliz e satisfeito. Se não tivesse que escrever esta crônica, até abriria uma cerveja: acabei de eliminar o último montinho da casa, o maior, que me acompanhava há mais de um ano. Não sei se você, disciplinado leitor, também sofre desse mal — o montinho —, mas a minha vida é uma eterna e inútil luta contra eles.

Não faço ideia de como nascem. Um livro caído no canto? Uma conta de luz deixada por acaso ao lado do sofá? Algumas folhas impressas esquecidas perto do som? Sei que estou andando pela casa numa tarde qualquer e meus olhos tropeçam na pequena Quéops doméstica, feita de manuscritos inacabados e livros não lidos, cartas abertas e fechadas, caixas de CDs sem discos e discos sem caixas, contas, revistas, folhetos imobiliários, post-its ancestrais e outras milongas mais, a desafiar a simetria que eu, com inquebrantável otimismo, desejava para minha sala, para minha vida.

Depois do susto — mas como? Ontem mesmo não estava aí! — vem um suspiro resignado — pois é, agora está, fazer o quê? —, e vou tratar de outros assuntos. Por que não vou lá e simplesmente arrumo a bagunça? Oh, proativo leitor, logo se vê que não entende nada de montinhos. Desfazê-los é perigoso como desarmar uma bomba. Ou você vai até o fim na empreitada, ou acabará dividindo-os em vários montinhozinhos temáticos — aqui as cartas, aqui os livros, aqui revistas... — e, em questão de semanas, terá criado um irreversível arquipélago de bagunça. Mais do que isso: acocorar-se diante das camadas sedimentares do passado é repensar a própria vida. Jogo fora essas revistas ou compro uma estante? Essas contas... Não seria o caso de botar no débito automático? Olha só, aquele conto do Cortázar. Se eu fizesse um mestrado, quem sabe, poderia... "Ligar urgente para Clélia — 87-98786754." Quem é Clélia? Oito sete é de onde? Será que eu liguei?

São tantas as indagações que surgem, que tenho medo de, no meio da arrumação, decidir que minha verdadeira vocação é a odontologia, resolver passar seis meses na Índia ou fazer uma tribal na panturrilha.

Esta tarde, no entanto, apesar de todas as dificuldades, atirei-me com ímpeto à tarefa e desbaratei a última das barricadas de caos e celulose que restava em minha casa. Estou contente. Sinto que a vida é simples e boa. *Mens sana in domus sano*. Sento-me no sofá, observo a luz do sol atravessar a sala e sinto o sangue correr em minhas veias. Montinhos, nunca mais!, digo. Jogo a crônica de lado, em cima de uma conta de gás, e vou abrir uma cerveja.

CHOQUE DE CIVILIZAÇÕES

A única ligação entre São Paulo e o Rio de Janeiro é a Dutra. Fora isso, tudo nos afasta: o clima, a geografia, os costumes e, claro, o idioma — ou você vai me dizer que João Gordo e Evandro Mesquita falam a mesma língua?

Esta barreira idiomática, acredito, é a principal fonte dos nossos problemas: ninguém se entende, acaba surgindo uma certa animosidade, a gente acha que foi chamado de estressado, eles pensam que ouviram alguma coisa sobre malandragem e, quando vamos ver, já era: nós ficamos sem praia e eles sem pizza.

O choque de civilizações, no entanto, está com os dias contados. Tendo em vista a amizade entre os povos, a paz mundial e os bolinhos de bacalhau do Jobi, resolvi fazer alguma coisa. Mergulhei em intensos estudos carnavalescos, escaldantes pesquisas praianas — entre outras experiências extremamente arriscadas (para um paulista) — e trouxe à luz, acredito, uma grande contribuição para o entendimento entre os dois estados: a *Pequena gramática do carioquês moderno*.

Nela, cheguei às três regras básicas da língua falada por aquele povo: a regra do R, a regra do S e a regra das vogais. As duas primeiras são de conhecimento geral: *R* no final da palavra ou no meio se fala arrastado (porrrrrrta, calorrrrr), e o S transforma-se em X (mixxxxxto-quente, paxxxxta de dentexxxx). É na regra sobre as vogais, no entanto, que consiste a originalidade da minha descoberta e é ela que fará com que a minha gramática, assim como meu nome, ainda ressoem por aí muitos séculos depois que eu tiver ouvido repicar o último tamborim.

Enquanto em São Paulo somos alfabetizados com o *A, E, I, O, U*, as crianças do Rio de Janeiro aprendem *A, Ea, Ia, Oa, Ua*. Sim, há um *A* depois de cada vogal. Pegue qualquer palavra, como copo, pé e carro, por exemplo, e aplique a regra das vogais. Agora, fale em voz alta: coapoa, péa, carroa. Viu só? Aía, éa sóa voacêa pôarrrr *A* eam tuadoa, troacarrr *S* poarrr *X* e eaxxxticarrr o *R* quea fiaca óatiamoa.

O caminho inverso também funciona. Ao ouvir uma frase em carioquês, por exemplo: "Tua éa móa manéa, paualiaxxxxxxta oatarioa, voalta pra Móoaca", transcreva-a, subtraia os *A*s sobressalentes e você terá a sentença em paulistês.

Embora seja um grande avanço em face da estagnação em que estavam os estudos do carioquês por estas bandas, minha gramática ainda tem um enorme desafio a esclarecer: como é que o *S* vira *R* na palavra *mearrrrmoa* (mesmo)? E, mais ainda, por que é só nessa palavra? Tema apaixonante ao qual, prometo, retornarei em breve.

X-RIMET

Você já viu pizza de camembert? Coxinha de faisão? E torresmo de javali? Não? Então me explica: por que essa mania de hambúrguer de picanha? Sou contra, por razões filosóficas e gastronômicas. Comecemos pelas últimas.

Por questões físico-químicas que ignoro, algumas carnes são mais saborosas inteiras, outras em bifes, há as que entregam o seu melhor picadas ou moídas e, por fim, aquelas que brilham quando moídas, amassadas e fritas. E esse último, meu amigo, não é o caso da picanha.

Não é subjetivo e vai da pessoa. É objetivo, vai do objeto. O cidadão que resolve dar um upgrade no sanduba e segue a herética mania de encarecer a carne se dá mal: perde a picanha e não chega ao hambúrguer.

A variedade de formas, sabores e condutas requeridas por cada parte do boi só nos relembra quão diversa é a obra de Deus e numerosos os caminhos que nos levam à felicidade. Ninguém é obrigado a comer pernil, se acordou mais pra estrogonofe, nem estrogonofe, se está com uma boca pra pernil. Cada um faz o que quiser da vida. Menos estrogonofe de pernil.

Sou do tempo em que uma coisa era uma coisa, outra coisa era outra coisa. E algumas dessas coisas exigiam respeito. Uma bela peça de carne é, sem dúvida, uma delas. Para mim, o tipo de pessoa que, no pleno poder de suas faculdades mentais, mete uma picanha num moedor, é o mesmo capaz de derreter a Jules Rimet para fazer correntinhas. É alguém que não distingue o certo do errado e não guarda nenhuma reverência diante do sagrado, esteja ele numa travessa, num museu ou nos olhos de uma mulher. Isso me entristece.

Antes que me chamem de elitista, defendo-me: não é só à picanha que o picburguer (sic) ofende, mas ao hambúrguer. Representante fundamental do que andam chamando de baixa gastronomia, o sanduíche exige carnes mais prosaicas, como fraldinha, patinho ou, no máximo, alcatra.

Enobrecer os meios nem sempre eleva o produto final. Troque os sprays dos grafiteiros por tinta a óleo ou a rabeca de mestre Salustiano por um Stradivarius, e duvido que o mundo fique melhor por causa disso.

O rei Salomão diz, lá na Bíblia, que há tempo de trabalhar e de descansar, de plantar e de colher, de falar e de calar. Há hora pra churrasco e o momento do hambúrguer. Mas, oh, vaidade das vaidades — tudo é vaidade —, querem salto alto na havaiana, querem hambúrguer de picanha. Perdoai-vos, meu pai, eles não sabem o que fritam.

DOGMA NA BRASA

Quando eu vi o sujeito pegar a picanha crua e fatiá-la, invocando "a escola argentina", apertei o braço da Julia e disse, baixinho: "Vamos embora". Segundo os mandamentos sagrados do churrasco, que recebi de meu pai, meu pai recebeu do pai dele e o pai dele do pai do pai dele, a integridade da picanha era um dogma e, como todo dogma, absoluto e inviolável.

Erram os que creem que, se Deus está morto, tudo é permitido. Muito pelo contrário. Num mundo dessacralizado, a gente tem que se agarrar ao nosso quinhãozinho de absoluto. Eu acreditava na ortodoxia do churrasco: picanha você grelha inteira, longe da brasa, só com sal grosso — "Salmoura é coisa de bárbaros", também dizia papai, "quem faz isso deve pedir perdão, em público, ou ser banido da cidade".

Eram esses e mais dois ou três preceitos simples que, se não garantiriam nossa entrada no céu, ao menos aplacavam um pouco a angústia de nos sabermos finitos e confusos, num universo gigante e que se expande, a despeito de nossos medos, sonhos ou opiniões sobre a taxa de juros do Copom.

Viver é impreciso, pensava eu, mas grelhar, felizmente, era preciso — até aquele churrasco. Pois quando o sujeito serviu os bifes de picanha, meu mundo ruiu. Estavam melhores do que a peça inteira, que minha família vinha assando desde a aurora dos tempos.

Foi um momento de crise, confesso, mas não perdi a cabeça. Talvez nós estivéssemos errados, pensei, com uma humildade que me encheu de orgulho. Talvez o Deus deles fosse mais poderoso que o nosso. Respirei fundo, comi mais um pedaço e fui conversar com o churrasqueiro. Saí de lá com o rabo entre as pernas, a barriga cheia e o livro *Churrasco patagônico* embaixo do braço.

Por alguns dias estudei o compêndio, com a volúpia de quem folheia uma obra subversiva. Refleti bastante. Ponderei. Tive sonhos intranquilos e suores noturnos, mas ao fim da leitura, tive de dar o braço a torcer: os argentinos estavam certos.

Ainda não tive coragem de informar meu pai, mas no próximo fim de semana fatiarei uma picanha. Os bifes, grossos, colocados bem perto da brasa, só serão salgados depois de "selados" dos dois lados. Se o céu não cair sobre minha cabeça, nem chover fogo e enxofre, talvez eu corte o cabelo moicano, entre num curso de rumba ou comece a praticar alpinismo. Afinal, se o churrasco não é mais sagrado, tudo é permitido. (Só a salmoura, pelo amor de Deus, é que não.)

AÍ: CHUVEIRÃO?!

Trata-se de uma cultura realmente diferente, pensei, assim que meus amigos cariocas propuseram sair da praia, colocar camisetas entre a pele e as camadas de sal e areia que nos cobriam e ir a um restaurante.

Olhei em volta, já pensando nos comentários que viriam se o paulista aqui mencionasse o desejo de passar no hotel pra tomar um — que é isso, mané?! — banho. Para minha sorte avistei ali perto um chuveiro, brotando do meio da praia. Seria de alguém? Haveria um "tiozinho" do chuveiro? Ou pertenceria ao hotel do outro lado da rua?

Pensei em me meter embaixo sem pedir permissão a ninguém, mas como dizem que em Roma devemos fazer como os romanos e não vi nenhum romano tomando banho, fiquei com medo de retaliações por parte de uma possível autoridade chuveiral.

Perto, três cidadãos de sunga contemplavam o horizonte. Seriam os, digamos, encarregados? Me aproximei. "Por favor", eu disse, "eu vi aquele chuveiro ali" — ué, os caras estão me olhando de um jeito estranho — "pensei em tomar uma ducha" — será que estou falando alguma besteira? — "vocês sabem se tem que pagar alguma coisa?" Os três ficaram me encarando uns cinco segundos, calados, como se eu tivesse dito algo tão absurdo quanto "Passa a mostarda" ou "Onde pego o formulário verde?". Transposto o vale de silêncio, um dos sujeitos fez um leve movimento com o queixo, apontando duas outras criaturas de sunga. Repeti, receoso, o mesmo discurso cartesiano. Novamente, espanto do lado de lá da linha. Um olhou pro outro como se tivesse visto um ET. Olhou-me de cima a baixo e resolveu falar, pra delírio do comparsa, que explodiu numa gargalhada: "Tu dá um sorriso e tá pago, bróder".

Me vi tão paulista naquele momento que acreditei por alguns instantes estar de terno e gravata na areia. Me senti deslocado como um Ruy Barbosa chupando picolé, um Aureliano Chaves dançando axé. Eu devia ter chegado e dito: "Aí, irmão, o chuveiro?". Ou: "Amizade, a ducha aí, valeu?", ou, quem sabe ainda, simplesmente "Aí: chuveirão?!".

Já no restaurante (limpo!), comecei a pensar o que seria do mundo se Descartes tivesse nascido em Madureira. Ou se Kant morasse no Cantagalo. Não fui muito longe em minhas meditações metafísicas, pois o garçom apareceu e me cortou com sua maviosa indagação: "Vai uma empada?". Demorou!

Trata-se de uma cultura realmente diferente.

COMO NÃO?!

"Obrigado", eu digo, recusando a xícara e, um pouco mais baixo, para evitar que a informação escape para além da minha mesa, alargando o diâmetro de minha infâmia, confesso: "Eu não bebo café".

O nobre leitor (ou leitora) que, como 99% das pessoas civilizadas, creio, gasta um bom quinhão de seus momentos sobre a Terra diante de uma xícara de café, não imagina a miríade de olhares incrédulos que caem sobre mim, assim que assumo o meu, digamos, desvio. Vejo, por trás das pupilas dilatadas pelo susto, sentimentos tão vastos como a raiva e a compaixão, todos oriundos, acredito, da mais profunda incompreensão. "Como pode uma pessoa alfabetizada, de boa família, não tomar café?!", pensam, entre um golinho e outro, sem chegar a nenhuma resposta.

Nós, os não bebedores de café, somos a escória da restrição alimentar. Você pode não comer carne vermelha, não apreciar bebidas alcoólicas, pode até ser contra o açúcar refinado ou refrigerantes e, oferecendo explicações muito nobres, que vão do efeito-estufa à evolução de nosso sistema digestivo, ser perfeitamente aceito dentro da chamada "diversidade cultural". Mas àqueles que recusam uma xícara de café não existe tal benevolência, pois acreditam, os connoisseurs dos grãos torrados, que não se trata de gosto ou opção, e sim de ignorância.

Tenho amigos do peito que, toda vez que saímos para jantar, insistem para que eu dê mais uma chance ao expresso ou capuccino de tal lugar. Não é que não gostemos, eles pensam, é que "não entendemos o café". E, ah!, meus caros, como eu gostaria de compreendê-lo! Como eu adoraria passar tardes numas dessas mesas na calçada, tomando uma xícara, fazendo anotações num bloquinho, ou lendo um jornal, com a elegância de um filósofo francês. Eu concordo com meus acusadores. Vocês estão certos! Que literatura pode surgir diante de uma lata de Coca Light? Que lirismo existe na imagem de um homem tomando H2OH!, às três da tarde de uma terça-feira, no balcão da padaria? Que Simone de Beauvoir ou Maria Schneider pendurará sua capa de chuva na cadeira e estenderá um sorriso molhado a um sujeito que bebe uma Fanta Uva? Light, ainda por cima.

Estou pensando em mudar de estratégia. Da próxima vez que recusar uma xícara e enfrentar a incompreensão da sociedade, vou dizer, sem pestanejar: "Adoro café, mas fiz promessa. Só volto a beber no dia que a diretoria do Corinthians tomar vergonha na cara e moralizar aquele clube". Como sabem os que bebem e os que não bebem café, não terei que aceitar a xicrinha tão cedo.

EU, ELA E O RONALDO

Hoje, como em todos os últimos domingos, minha mulher está irritada comigo. Logo logo passará pela sala, onde estou a ler o jornal e, sem me olhar, dirá "Então acho que eu vou almoçar com as minhas amigas", ou, "Então acho que eu vou ao cinema" ou "Então eu devia ter ido para a praia com o Guga".

Atentem para o "então". Eis a palavra mais importante da frase. É com ela que meu amor tenta me cutucar, mais do que com o possível almoço, cinema ou a praia perdida. Acontece que, desde que o Ronaldo veio para o Corinthians, dei para gostar de futebol, e ela me perdeu nas noites de quarta e nas tardes de domingo.

Durante a semana, nos vemos pouco. Ela chega do trabalho exausta, depois das nove. Muitas vezes, a essa hora, eu ainda estou a pleno vapor, aqui no escritório. Quando termino, ela já está mais pra lá do que pra cá e acaba dormindo no meu colo, enquanto leio ou vejo um filme.

Antes do Ronaldo, o fim de semana era todo nosso. Teatro, jantar, cinema, almoço na casa de amigos, longos domingos com jornais e revistas se espalhando pelo chão, farofa e frango de padaria sobre a mesa. Eu poderia até dizer que foi com meu amor que aprendi a gostar dos domingos.

Antes dela, eles eram uma câmara de descompressão entre os embalos de sábado à noite e as toneladas de compromissos da semana, que me davam uma angustiazinha chata assim que a tarde caía, acenando-me do outro lado do muro. Com ela, aprendi que o domingo deve destinar-se a atividades leves e prazerosas. Uma comédia à tarde. Carne branca. Leitura de revistas. Uma pequena exposição. Álcool e multidões devem ser evitados. E então veio o Ronaldo.

Antes dele, eu não sabia o nome de três jogadores do Corinthians. Agora, depois de mais de um mês diante da tevê, minha mulher já me ouve dizendo coisas como "Ih, hoje o Douglas não tá inspirado!" ou "Pô, André Santos, olha o Elias livre ali na esquerda!" — e ela não fica nada feliz com isso. Não é que não goste de futebol. Quando o Ronaldo fez aquele gol no jogo contra o Palmeiras e subiu no alambrado, ela até chorou, junto comigo. O problema é que ela suspeita que isso seja apenas o começo. Se, no segundo mês de casamento, o cara começa a gostar de futebol, o que virá no terceiro? Boliche? Pagode? Quem sabe, até o fim do ano, um bigode? No fundo de toda mulher vive o pânico de que seu homem se torne o Homer Simpson. E no fundo de todo homem, ou, pelo menos, daqueles que compreenderam, mesmo que tardiamente, a beleza do esporte bretão, existe o temor de que o Corinthians não passe pelo São Paulo, hoje à tarde. Vai, Douglas! Olha o Elias, André! Pedala, Ronaldo! Onde cê vai, meu amor?!

ALEATÓRIO É O DIABO

No iPod, chama-se *shuffle*. Em outros aparelhos, é *random*. Segundo o *Oxford Universal Dictionary*, *shuffle* significa "a mudança de uma posição para outra, um intercâmbio de posições". Embaralhar as cartas pode ser o ato de "*shuffling playing cards*". Já *random* é algo "não levado ou guiado numa direção precisa; sem propósito ou meta".

Como sabem todos os que operaram um aparelho de som nos últimos vinte anos, as duas palavras denominam aquela função que, uma vez acionada num CD ou MP3 player, faz as músicas serem tocadas não na ordem em que estão dispostas no disco, mas — hum hum — ao acaso.

Será preciso explicar a razão do meu pigarrear? Ou já não sabem, todos os que nos últimos vinte anos apertaram os botões *shuffle* ou *random* de seus aparelhos de som, que a seleção é qualquer coisa, menos aleatória? A escolha das músicas é deliberada e precisa, às vezes sutil, às vezes escancarada, mas sempre muito bem pensada. Por quem? Ora, por um diabinho, uma espécie de Saci minúsculo, que no passado morava nos redemoinhos dos rios e hoje vive dentro dos aparelhos de som, entre as partículas de silício dos microchips.

Tenho em meu iPod algo em torno de seis mil músicas. Como explicar, senão pelas artimanhas desses Sacis eletrônicos, que, em meia hora, o *shuffle* escolha cinco músicas que eu escutei sem parar durante uma viagem à Bahia, em 1996? Ou que, numa corrida na esteira, de quarenta minutos, ele toque três versões de "Like A Rolling Stone", uma do Bob Dylan, uma do Hendrix, outra dos Stones? São seis mil músicas! Só uma mão oculta e idiossincrática seria capaz de tais seleções.

O diabo que vive no microchip, como haverão notado vocês, tem um humor bem pouco estável. Há dias em que ele nos brinda com sequências matadoras, como só alguém que fosse ao mesmo tempo nosso psicólogo e DJ seria capaz. Outras vezes, contudo, ele quer nos sacanear. Puxa duas ou três faixas que nos acalentaram diferentes pés na bunda no passado, depois emenda com um axé que você só pôs no iPod para correr. (Aquele tipo de música que, quando vem um pessoal em casa, a gente torce pro *shuffle devil* não escolher — e ele escolhe). Mais tarde, você vai correr, ele manda só "Leãozinho", "Chega de saudade" e Cat Power. Ah, Exu binário! Que forças ocultas te movem?

Já disse alguém por aí: "Coloca teu iPod no *shuffle*, e te direi quem és". Mentira. Essa falsa aleatoriedade é o gosto do microssaci, não o nosso. Acho que os gênios das ciências exatas deveriam se juntar aos rabinos cabalistas para estudar *shuffles* e *randoms*. Talvez as respostas sobre Deus estejam, de fato, como acreditam esses hebreus matemáticos, por trás das letras de Yahweh. Mas o diabo se revela, não tenho a menor dúvida, entre as músicas de um iPod.

BICICLETA!

Um dias desses, evidentemente, tudo há de dar certo. Os automóveis se extinguirão e a superfície da Terra será povoada apenas por bicicletas. Alguns carros, ônibus e caminhões serão expostos nos museus, feito mamutes, guilhotinas e outros monstros pretéritos, para divertir a criançada e alertar os adultos: que o horror jamais se repita. Sobre selins acolchoados, seremos felizes para sempre.

É inegável a simpatia das bicicletas. Máquina desengonçada: se parada, destrambelha-se como um albatroz em terra, mas ao impulso dos pedais projeta-se como uma flecha, esguia, impoluta e silenciosa. Bicicletas, ninguém pode negar, são irmãs dos guarda-chuvas, primas das girafas e parentes distantes dos abacaxis (não me peça para explicar, foi uma ideia que tive agora).

Durante todo o século XX, muitos artistas aproveitaram-se de seus encantos. É pedalando que vemos quase todo o tempo Monsieur Hulot, personagem do filme *Meu tio*, utopia lírica de Jacques Tati. Marcel Duchamp, depois de haver exposto um mictório no museu, enfiou uma roda de bicicleta num banco de madeira e deixou as velhas noções sobre arte — literalmente — de pernas pro ar.

É impensável um facínora de bicicleta, inconcebível um ditador pedalando. As "máquinas da paz", como as chamou Vinicius de Moraes, em sua *Balada das meninas de bicicleta*, são muito mais afeitas aos suaves cuidados das moças: "Bicicletai, meninada!/ Aos ventos do Arpoador/ Solta a flâmula agitada/ Das cabeleiras em flor".

As bicicletas são um indício de civilização. Recomendadas por ecologistas, urbanistas, cardiologistas e artistas, têm logo de entrar na agenda política. Ainda não vi nenhum candidato expor, no horário eleitoral, seu projeto nacional de bicicletização. Se aparecer algum, ganhará de imediato meu apoio.

Se Deus voltasse à Terra e dissesse "Me mostrem aí o que vocês fizeram", teríamos de levá-Lo imediatamente a Amsterdã, para um passeio ciclístico em torno daqueles belíssimos canais. Ou então ao Rio de Janeiro. Pegaríamos Deus no Santos Dumont (vindo do céu, é de se supor que chegará de avião) e O colocaríamos na garupa. Cruzaríamos todo o Aterro, pedalando sem pressa, sob o sol ameno das quatro e meia da tarde. Passaríamos pela estátua de Drummond em Copacabana, veríamos as garotas saírem do mar em Ipanema e terminaríamos o passeio no Leblon, com um mergulho no mar e um suco de melancia, no exato momento de o sol se pôr. Se Deus tiver um pingo de sensibilidade, estaremos todos salvos.

THE END

Bem que eu gostaria de aproveitar a derradeira crônica do ano para desejar a todos um ótimo ano novo, mas não posso, caro leitor, pois sei que o ano que começa em 72 horas será o último de nossas curtas vidas. Eu, você, os gafanhotos, as alcachofras, a rua Aspicuelta, o monte Everest, até Plutão — que mal se recuperou de ter sido rebaixado a não planeta do Sistema Solar — seremos engolidos por um buraco negro, assim que os cientistas ligarem as chavinhas e fizerem prótons se chocarem à velocidade da luz, num bambolê de 27 quilômetros, enterrado cem metros abaixo do solo entre a França e a Suíça, em algum momento entre janeiro e dezembro.

Os físicos que construíram a máquina juram que nada de mau vai acontecer: as partículas colidirão, dando origem a um pocket Big Bang, e os dados registrados por moderníssimos computadores ajudarão a elucidar grandes enigmas da natureza. Qual a origem da matéria? Como foi o início do universo? O que aconteceu um milionésimo de segundo depois desse início?

Há quem diga, contudo, que não haverá pesquisa alguma, pois a colisão criará um buraco negro que sugará a Terra e tudo o que está em volta, fazendo com que o universo volte a ser o que era um segundo antes de surgir, seja lá o que isso signifique. Dois desconhecidos cientistas americanos, Walter Wagner e Luis Sancho, entraram com um processo num tribunal de Honolulu, tentando proibir a experiência.

Eu não entendo patavina de física, mas acho que, se a quixotesca dupla do Havaí estiver certa e o mundo acabar, teremos ao menos um final bem bonito para a nossa história. Veja se não é poético: o Homem, único animal que sabe que existe, deixará de existir; o Homem, que foi expulso do Paraíso por sua curiosidade; o Homem, que vaga há milênios por terras e mares perguntando-se "Que cazzo fazemos aqui?" e arranca os cabelos, escreve óperas e enche-se de aguardente ao pensar "Que cazzo faremos depois daqui?", volta ao pó do qual veio porque resolveu chocar minúsculas bolinhas para descobrir o início de tudo. O fim já estava inscrito em nosso começo, a busca do herói pela luz é o que o leva ao abismo — não é nem de longe um final feliz, mas o leitor há de concordar que, ao menos, trata-se de excelente dramaturgia.

Claro que eu preferia um happy end. Ainda mais agora que os EUA elegeram o Obama, o Ronaldo ia jogar no Corinthians e parecia que tudo estava se ajeitando, mas se for para terminarmos mal, prefiro que seja assim: rápido, grandioso e indolor. Ou você acharia melhor definhar devido à falta de água, morrer asfixiado por causa da fumaça dos engarrafamentos ou cair fulminado com as artérias entupidas pela gordura trans dos biscoitos recheados?

Que choquem as bolotas, que toquem as trombetas, que o pocket Big Bang ponha o mundo no bolso — e seja o que Deus quiser.

A ODISSEIA DE HOMER

Semana passada, tomei um susto. Sentado em minha poltrona, com uma caneca de cerveja numa mão e o controle remoto na outra, descobri que havia me transformado num marido. Nunca pensei que isso fosse me acontecer.

Antes de mais nada, é preciso que o leitor entenda — e a leitora, mais ainda — que o fato de um homem se casar não o torna imediatamente um marido, assim como o fato de uma pessoa ouvir hip hop não faz dela um rapper. Para ser marido, como para ser rapper, é preciso ter certa atitude e certa indumentária. A condição marital requer, entre outras coisas, a existência de uma poltrona, de uma caneca, de um controle remoto e de uma relação afetiva levemente neurótica com tais objetos. Eu tenho. Ainda bem que descobri a tempo. Antes, pelo menos, de deixar crescer o bigode e começar a ir ao supermercado de moletom e tênis de corrida.

Eu deveria ter desconfiado que havia alguma coisa errada meses atrás, durante a cerimônia de casamento, quando o juiz se referiu a mim como "o contraente". Afinal, o que eu estava contraindo? Agora sei: o vírus que se desenvolve lentamente nos folículos capilares e na região do abdômen e que, pernicioso, é capaz de transformar um Bart num Homer Simpson.

Calma, meu amor, não se assuste. Não chegarei a tanto. Ser marido é como ter uma doença crônica, mas perfeitamente administrável, uma vez que você esteja ciente de sua condição. É mais ou menos como o diabetes. Comendo direito, praticando exercícios físicos e tomando alguns outros cuidados para amenizar os sintomas, ninguém poderá apontá-lo no meio da multidão e dizer: lá vai um marido. (Prometo, minha pequena: nem bigode, nem moletom, nem tênis para corrida em logradouros públicos.)

Nesta altura do texto, o leitor pode estar confuso: sou um marido? Não sou? A pergunta parece óbvia, mas não é: mais de 70% dos homens são maridos e não sabem. (Os 30% restantes sabem e não se importam.) Para um diagnóstico precoce, o autoexame é fundamental. Mais ainda: descobrir a doença logo no início é a única forma de evitar o agravamento do quadro, que pode levar à obesidade, uso de chinelos com meia, surdez eletiva, obsessão por piadas infames, trocadilhos pífios, catatonia e, em alguns casos, ao divórcio. (Trata-se de uma moléstia paradoxal, quanto mais marido você se torna, maior o risco de deixar de sê-lo.)

Com o intuito de ajudar os que porventura se encontrem na mesma situação que eu, mas não o sabem, preparei um check list de dez perguntas, ao fim das quais o leitor descobrirá se é ou não é um marido. Vamos lá:

1) Você tem uma poltrona?

2) Você tem uma caneca?

3) Você tem uma caneca com o seu nome escrito?

(Caso tenha respondido afirmativamente à questão 3, não é necessário continuar o teste, você é um marido em estágio avançado. Salte as questões de 4 a 10.)

4) Sexta à noite: você prefere ir jantar num restaurante novo que saiu no "Paladar" ou assistir à reprise de *Karatê Kid* na tevê a cabo?

5) Férias: um destino que envolva "trilhas na Mata Atlântica" te deixa empolgado ou com calafrios?

6) Há pequenas funções domésticas a serem executadas: pendurar quadros, trocar o courinho da torneira da cozinha, apertar um parafuso da maçaneta. Você não deixa sua mulher chamar o zelador, mas demora semanas para resolver a situação?

7) Fica mal-humorado ou aflito se o controle remoto está na mão de outra pessoa?

8) Usa chinelo com meia?

9) Chama sua mulher de apelidos carinhosos em público, tais como "benhê", "morzinho" ou "minha pequena"?

10) Se você está ocupado assistindo a um documentário sobre leões marinhos e a sua mulher te chama de outro cômodo, você finge que não escutou?

Caso tenha respondido afirmativamente a três ou mais perguntas, é preciso assumir: você é um marido. É grave? Sim. Tem cura? Não, mas pode ser controlado. Demanda disciplina e força de vontade, mas é o mínimo que você pode fazer por sua mulher. Pobre mulher, que se apaixonou por um homem e, certa manhã, acordou de sonhos intranquilos e encontrou-o em sua cama, metamorfoseado num marido. O mais grave, porém, o que deve servir de motivação, caso todos os exemplos anteriores não tenham sido suficientes, é pensar que, se você já está assim como marido, imagina o que acontecerá quando virar pai? Pegar a filha adolescente na festa vestindo pijamas e chamar a mulher de mãe na frente dos outros são só alguns dos sintomas conhecidos.

Vamos lá. Comecemos pelo controle remoto. Conte até dez, depois largue-o e vá pegar o "Guia". Um, respire fundo, dois, primeiro o indicador, três, agora o polegar, quatro, muita calma nessa hora...

WINDOWS MEDIA PLAYER

Alguém já disse, num arroubo de nostalgia, que "a televisão matou a janela". Não poderia estar mais enganado. Aqui no meu quarteirão, pelo menos, tevês e fenestras não são atividades excludentes, mas duas peças complementares num curioso fenômeno socioesportivo: o insulto intercondominial.

Acontece em dias e noites de jogos e funciona da seguinte maneira: o Corinthians, digamos, faz um gol no Palmeiras; imediatamente, os torcedores do Timão correm até suas janelas e gritam, com vozes de barítonos que em outros tempos os levariam à ópera, ao comando de exércitos ou de boiadas: "Chuuuuuuupa, porco imundo!", "Tooooma, porcaiada!", "Choooooora, Parrrrmêra!".

Como numa batalha de trincheiras, os palmeirenses esperam, encolhidos, acabar a munição corintiana. Então escancaram os pulmões e as persianas, no contra-ataque: "Cala a booooooca, maloqueiro!", "Silêncio, gambáááá!", "Nem estádio cês têm, ô #%^*&!".

Os insultos ricocheteiam no concreto, ecoam pelos corredores de ar entre os prédios do quarteirão e atingem, numa estimativa cautelosa, mais de mil pessoas. O leitor acha que estou reclamando? Muito pelo contrário. Alguém já disse, num arroubo de otimismo, que "quando uma enorme onda se aproxima da praia, há os que fogem, os que ficam parados esperando e os que correm para surfá-la". Não poderia estar mais certo. Proponho surfar essas ondas sonoras, fazendo do insulto intercondominial uma nova mídia publicitária.

Os profissionais da propaganda quebram a cabeça para conseguir atingir públicos específicos. Criam programas de televisão, shows, passam noites em claro bolando vídeos para jogar no YouTube e acendem velas para São Viralito, o padroeiro dos hits espontâneos, rezando para que algum deles emplaque. E o que eu tenho aqui, diante de minha janela? Uma pequena multidão de um dos nichos mais disputados: homens de 16 a 25 anos, classe AA, todos de ouvidos abertos, só esperando para escutar o nome do patrocinador que me procurar e enviar um cheque no valor a combinar.

Entre um "Chuuuupa, porcada!" e um "Cala a boca, gambá!", eu viria com "Notoriuns vídeo, a locadora das Perdizes!" ou "Cerveja Riopretana, a melhor das artesanais!". Topo, até mesmo, fazer campanha política. Quando for gol do Palmeiras, grito: "Serra!". Gol do Corinthians, berro: "Lula é Timão! Lula é Dilma!". Ou, independente do time: "Marina! Um novo jeito de fazer política! Um novo jeito de fazer campanha!".

Caso os anunciantes queiram ir além das Perdizes, tenho quatro primos em condições de cobrir as regiões de Pinheiros, Santa Cecília, Higienópolis e Mandaqui, e um tio-avô aposentado em Botafogo, Rio de Janeiro, cuja janela dá para uma faculdade particular. Aguardo contatos.

DÉFICIT PÚBLICO

"Imagine que você tem uma conta corrente no coração de cada pessoa com quem se relaciona. Cada vez que você faz uma coisa boa para ela, você ganha crédito. Cada vez que ela faz algo para você, realiza-se um débito. Como está seu saldo nessas contas?" Assim falava o homem da TV, uma espécie de palestrante motivacional. Ou desmotivacional, pois mal comecei a vislumbrar meus extratos nos corações alheios e percebi que estava próximo à bancarrota.

Houve um tempo em que eu tinha tempo de sobra, e gastava-o ao meu bel-prazer. Uma noite, saía com os amigos. Na outra, encontrava a namorada. Um conhecido publicava um livro? Lá ia eu ao lançamento, se estivesse a fim. Era feliz e não sabia: vivia no azul nos peitos de todo mundo e dormia o sono dos justos.

Não sei exatamente quando os negócios desandaram. Acho que foi lá por 2004, ano em que comecei a trabalhar muito e gastar o pequeno crédito que havia conquistado. "Pedrão, valeu pelo convite, mas tenho que terminar a crônica!" "Nina, adoraria ir, mas é a última semana aqui do roteiro." "Mãe, não consigo almoçar esse domingo, tenho que agilizar o romance." Aos poucos, fui parar no cheque especial. Hoje, num sábado à noite, diante de dois convites para tomar um chope, não escolho, calculo: "Ainda não fui visitar a filha de Fulano, que nasceu já faz uns seis meses, e faltei no seu aniversário. Mas Sicrano lançou um disco e fez aquele show no SESC, em que não pude ir, e ainda me chamou para um almoço em outubro. E agora?".

Caro leitor, não quero passar a ideia, muitíssimo equivocada, de que sou uma pessoa esnobe e reclusa, que prefere a companhia dos livros à das pessoas. Gosto dos outros. Sartre que me desculpe, mas o inferno sou eu mesmo que, com a minha inépcia na economia dos afetos, não consigo mais pensar em que amigo gostaria de ver, mas qual deles, caso eu não encontre, mandará nossa amizade para o Serasa.

O problema das grandes dívidas é que, a partir de uma certa quantia, você já não consegue mais amortizá-las, apenas pagar os juros. O que você faz, então? Emite títulos, em forma de promessas: "Fulano, querido, vamos fazer melhor: esquece o chope de sábado, vou te fazer um churrasco, no domingo. Vou assar um leitão para você, sua mulher e a filhota!".

Ótimo, você diz, tá pago. Com Fulano, tá. O problema é que, para gastar o domingo com ele, eu precisei de mais crédito da minha mãe, que havia me chamado para almoçar, da minha mulher, com quem havia combinado de ir ao teatro, e da Vivi, editora do *Metrópole*, a quem deveria entregar a coluna segunda mas só vou entregar na terça. Tudo bem, Vivi? Não fica brava. Prometo que, semana que vem, te entrego na sexta, tá? (Xi, combinei de jantar com o Paulo na quinta. Bom, isso eu resolvo depois.)

DIGA TRINTA E TRÊS

Trinta e três. Quem diria. A adolescência foi na última quinta, ainda há resquícios dela na estante de CDs, no seu vocabulário, num canto do armário — uma camisa xadrez que não vê a luz do sol desde um show do Faith No More, em 1997 —, mas são resquícios. Vez ou outra você está no supermercado, comprando saco de lixo, queijo minas light e amaciante, e vê uma turma de garotos e garotas carregando garrafas de Smirnoff Ice e sacolas de Doritos. Você olha para as franjas lambidas dos meninos, para os piercings das meninas e percebe, meio assustado, que aquele é um mundo distante. Sente alguma vergonha do seu carrinho.

Diga trinta e três: trinta e três. Diga: o que você fez? A essa altura da estrada, uma parada é inevitável. Você desce do carro, contempla a vista do mirante. Não é um olhar para trás, como devem fazer os velhos, ao fim da vida — ou devem evitar fazê-lo, dependendo —, mas um olhar em volta: isso aqui sou eu. Daqui pra frente, não vai mudar muito, vai? Já deu tempo de descobrir que você não é um gênio da matemática, nem um fenômeno da ginástica olímpica.

Trinta e três anos. A idade de Cristo, alguém diz, e você logo pensa, repetindo um dos cacoetes de sua faixa etária: o que ele já tinha alcançado com a minha idade? Bom, tinha transformado água em vinho, multiplicado peixes e pães, andado sobre as águas, levantado defuntos e conquistado uma multidão de fiéis em toda Judeia, Galileia, Samaria, Efraim e arredores. E você, que não tem nem casa própria? Também, naquele tempo era mais fácil — você tenta se consolar —, não tinha tanta concorrência e, oras, o cara era filho de Deus, o que não só abre portas, abre até o Mar Vermelho! Mas você se compara, mesmo assim: Jesus deve ter andado sobre as águas com o quê? Dezessete? Orson Welles fez *Cidadão Kane* com vinte e cinco. Rimbaud escreveu toda a obra até os dezenove! E você tão feliz por ter conseguido mais quinze seguidores no Twitter.

(O lance do Mar Vermelho... Foi com Jesus ou com Moisés? Céus, trinta e três anos e você não sabe uma coisa dessas? Será que um dia vai saber? Quando tem treze, ou vinte e três, acha que uma hora vai aprender tudo o que não sabe, basta ficar parado que as coisas naturalmente virão e entrarão na sua cabeça. Agora você percebe que talvez passe a vida ignorando certos assuntos. Mar Vermelho. As regras do gamão. Francês.)

Pense: um homem. Pense: uma mulher. Adultos, no sentido mais abstrato, como um casal num livro de inglês ou num vídeo de normas de segurança do Detran. Espécimes maduros do *Homo sapiens sapiens*: eles devem ter a sua idade. Talvez tenham filhos. Você tem filhos, ou ainda não? Repare no "ainda não", pois, de todas as coisas que você não conquistou até agora, há que saber discernir entre as que podem vir acompanhadas por um "ainda não" e aquelas das quais é melhor desistir. Andar sobre as águas, gênio da matemática, fenômeno da ginástica olímpica: não é pra todo mundo. E aos trinta e três anos, meu chapa, é hora de admitir: você é todo mundo. Sei que é difícil. Viu filmes da Sessão da Tarde demais, propagandas da Nike demais, foi mimado demais para admitir que Deus não passou mais tempo moldando a sua fôrma do que a do vizinho do 71. É a não compreensão desse banal infortúnio que faz com que haja em tantos rostos de sua idade um brilho opaco, um fungo que brota onde o sol não bate forte o suficiente: o ressentimento.

Acredite em mim: aos trinta e três anos, de Jesus pra baixo, todo mundo é ressentido. Não é que as pessoas vivam vidas ruins, as aspirações é que são muito altas. A Sessão da Tarde, as propagandas da Nike... Seu emprego é bom, mas o salário é ruim. O salário é bom, mas o chefe é mala. O chefe é você, mas os prazos não te dão sossego. Sempre tem um cunhado que ganha mais, um vizinho cuja grama é mais verde, o próximo cuja mulher é mais fornida; Jesus, aos trinta e três, o Orson Welles, aos vinte e cinco — e o mau exemplo do Rimbaud eu nem comento.

Trinta e três anos. Você para. Desce do carro. Olha em volta. Você é o que queria ser quando crescesse? Não exatamente? Por que não? Será que dá pra mudar? Quanto dá pra mudar?

É preciso achar lugar no peito para as frustrações. É preciso lidar com o ressentimento e não deixar, em hipótese alguma, que ele se transforme em cinismo — se ressentimento é fungo, cinismo é ferrugem. Agora volte para o carro e siga em frente. Se tudo der certo, você não está nem na metade do caminho.

Diga trinta e três: trinta e três. Quem diria.

DOMINGO

Quando o telefone tocou, minha mulher previu: "Quer ver que é o Fabrício?" — e era. Não é todo domingo que meu amigo liga, mas quase, e sempre à mesma hora: de noitinha, quando o fim de semana vai dizendo adeus e os dias úteis vão tomando, sorrateiramente, cada um de nossos pensamentos.

Embora não tenha deixado transparecer, percebi que meu amor ficou incomodado com o telefonema. Não é que não goste do Fabrício, ela adora, mas planejávamos pedir um árabe, ligar o aquecedor, assistir a um filme — e o Fabrício, em suas chamadas dominicais, invariavelmente me propõe: "Passa aqui, mano, vamos tomar umas cervejas!".

Quando eu era mais jovem, achava muito estranho as pessoas contarem o domingo como o primeiro dia da semana. Levou trinta anos para eu entender que estavam certas: o domingo à noite é a base de lançamento da semana. É a largada que, bem dada (tabule, aquecedor, vídeo, a leitura daqueles artigos infinitos nos cadernos culturais), te deixa com disposição para enfrentar a longa corrida com barreiras que começará na manhã seguinte.

Meu amigo sabe disso, e é justamente por entender a importância da noite de domingo no equilíbrio geral de todas as coisas que fica angustiado, assim que o sol se põe, e me liga. Talvez algumas cervejas nos façam ignorar aquele cânion existencial: a segunda late em nosso rosto, a brisa do sábado ainda bate em nossas costas; à frente, livros a serem escritos, a dúvida se diremos algo relevante ou só repetiremos velhas bobagens, as preocupações com dinheiro e um evento ao qual não se deve faltar; atrás, a adolescência ainda fresca, aquelas promessas de nunca virar um bocó, trocar os sonhos pelo crediário; talvez até, mais longe ainda, a lembrança inata de outras épocas, em que andávamos a cavalo, usávamos espadas em vez do Word 7 for Windows e tanto fazia se era terça de madrugada ou sábado dez pras nove.

Às vezes eu vou lá na casa do Fabrício. A gente toma umas cervejas e fica empolgado. Fala bem de nossos amores e mal de nossos trabalhos. Ele me lê um poema que acabou de escrever, eu falo de um capítulo que estou começando. A gente relembra histórias de nossos ídolos literários. Eles nos parecem tão destemidos, dizendo "sim, ao eterno", e nós, tão franzinos. Então, já de madrugada, a gente fica melancólico. Será que estamos fazendo a coisa certa? Será que não devíamos ir na direção contrária, deixar de lado a vida freelancer e abraçar uma existência globetrotter, escrever um romance, sei lá, na Macedônia? Depois disso, há um silêncio. Um de nós diz: "Mano, preciso dormir, amanhã vai ser foda", e a gente se despede, que no dia seguinte é segunda e, como se não bastasse, estaremos ambos de ressaca, respondendo e-mails e enviando notas fiscais.

Este livro foi composto em Minion
pela Bracher & Malta, com CTP
da New Print e impressão da Graphium
em papel Pólen Soft 80 g/m² da
Cia. Suzano de Papel e Celulose para a
Editora 34, em julho de 2020.